極楽あると人は言ふ

宮緒 葵

新書館ディアプラス文庫

極楽あると人は言ふ

contents

illustration : 草間さかえ

極楽あると人は言ふ

『父上！　早く早く！』

泡立つ波が寄せては返す渚（なぎさ）を、小袖（こそで）の裾（すそ）をからげた男児がぱしゃぱしゃと水しぶきをまきちらしながら駆けてゆく。

『鋼志郎（こうしろう）、走ってはなりませんよ。まだ水は冷たいのですから、転んだら風邪を引いてしまいます』

『大丈夫だ。鋼志郎は中西（なかにし）家の男子なのだから、風邪ごときに負けはせぬ。なあ、鋼志郎？』

心配顔の母親を、武士の末裔（まつえい）に相応（ふさわ）しく屈強な体格の父親が朗（ほが）らかにたしなめる。男児はくるりと振り返り、母親似の愛らしい顔を輝かせた。

『はい！　鋼志郎は武士の子です。何者にも負けませぬ！』

『そうかそうか。そなたは勉学も武術も筋がいい。きっと心も身体も強い男子になれるだろう』

幕府が倒れ、帝都に明治の新政府が樹立して数十年。刀を失い、士族と呼ばれる身分になっても武士の誇（ほこ）りを忘れず、強く優しい父親は男児の自慢だ。

『鋼志郎はいつかきっと、父上のような強い男子になります！』

誉められて嬉しくなり、男児はさらに速く走り出した。だが水を吸った砂に足を取られ、勢いよくつんのめってしまう。

『鋼志郎！』

顔面から砂浜に突っ込んだ男児を、父親が抱き起こした。慌てて駆け寄ってきた母親が砂だらけの顔を拭ってくれる。

痛みと羞恥で泣きそうになるのを、男児はぐっと堪えた。これしきのことで泣くなど、武士としても男子としても恥ずべきふるまいだ。

『偉いな、鋼志郎。よく耐えた』

父親はしゃがんで視線を合わせ、男児の頭をぽんぽんと撫でる。

『父上……』

『何度転ぼうと恥じなくていいのだ。真に恥ずべきは痛みに打ちのめされ、起き上がるのを諦めることよ。…そなたには、まだわからないかもしれぬが』

父親は懐を探り、小さな守り袋を取り出した。長い組紐をつけたそれを、男児の首からかけてくれる。

『……父上、これは?』

男児はとまどった。守り袋の布地は、父の紬の帯を解いたものではないだろうか。亡き祖父の形見だからと、とても大切にしていたのに。

『肌身離さず持っていなさい。いつか本当にどうにもならなくなった時に使えば、一度だけお前を守ってくれるだろう。…私の代わりに』

レスの日傘の陰で、母親がすすり泣いている。

悲しげな泣き声は波音と混ざり合い、男児の耳にしみ込んでいった。

遠くから懐かしい音が聞こえた気がして、中西鋼志郎は深い眠りから覚めた。まぶたを開けたとたん、ずきりと頭に鈍(にぶ)い痛みが走る。

「…くっ…」

痛みが治まるのを待ち、ゆっくりと身を起こす。幸い、今度は頭も痛まなかった。

「……ここは、どこだ?」

見覚えの無い部屋は、違和感だらけだった。寝かされていた紅絹(もみ)の布団には何故か枕が二つ並んでいるし、花車(はなぐるま)を描いた枕屏風(まくらびょうぶ)はよく見れば逆さまに立てられている。

逆さ屏風は死者の枕元に立てかけるものだ。悪霊に取りつかれるのを防ぐためだというが、効果が無いことは鋼志郎が一番よく知っている。

「っ……!」

馴染んだ高等学校の制服から麻の浴衣(ゆかた)に着替えさせられていることに気付き、ばっと胸元を探る。

摑んだ小さな守り袋を引き寄せ、鋼志郎は深く息を吐いた。持っていたはずの通学鞄や竹刀(しない)はどこにも見当たらないが、これだけは奪われずに済んだようだ。

……良かった。これを失くしたら、父上に顔向けが出来ない。

あちこち擦り切れかけた守り袋をぎゅっと握り締めていると、遠くからまた懐かしい音が聞こえてきた。…波の音だ。

だからあんな夢を見たのかと、鋼志郎は得心する。十五年前――まだ三歳の童だった頃、品川の海へ連れて行ってもらった記憶。

両親と一緒に出かけたのはあれが最後になった。あの数日後の朝、健康そのものだったはずの父は、布団の中で冷たくなっていたのだから。そして鋼志郎は…。

「…、…うん？」

ふとあたりを見回し、鋼志郎はぎくりとした。

――居ない。

父の死んだ日から、常に視界の片隅にちらついていた黒い影。最近では目深にかぶった頭巾から覗く顔さえはっきり見えるようになっていたあの忌まわしい影が、どこにも居ない。

……消えた？　いや、まさか……。

鋼志郎は部屋じゅうを探し回ったが、押し入れには予備の布団がしまわれているだけで、影はどこにも見付からない。こんなことは初めてだ。眠っている間さえ、あの影の気配を感じずにはいられなかったのに。

首をひねりながら、鋼志郎は鏡台の鏡掛を外してみる。よく磨かれた鏡に映るのは、見慣れた自分の顔だけだ。
涼やかな目元が印象的な顔立ちは、母を知る者からは『お美しい母君にそっくりだ』と賛嘆されるが、鋼志郎としては鐘馗様のようだった亡き父親にこそ似たかった。そうすれば龍陽主義（男色）を気取る同級生に言い寄られることも、近所の女学生たちに毎朝恋文を押し付けられて難儀することも無かっただろう。

「居ない……」

鏡の前から身体をずらしてみても、映し出された景色に影の姿は無い。鋼志郎はうすら寒くなってきた。霊験あらたかな寺社仏閣で祈祷を受けても小揺るぎもしなかった影が居なくなるなんて、いったい自分はどこへ連れて来られてしまったのか。

まだ少し霞がかかった頭を、鋼志郎は必死に回転させる。

…確か、学校帰りにかの出版社に寄ったはずだ。そこで思いがけない情報を知らされ、真実かどうか確かめるためにあの男…那須野の邸を訪ねた。

最初はのらりくらりとかわしていた那須野は、鋼志郎が学友である古内からの手紙を見せたとたん表情を強張らせ、そして。

『いいだろう。そんなに気になるのなら、君も極楽の島へ招待しよう。…戻ってくることは出来んがね』

那須野の不穏な笑みがよみがえり、鋼志郎はぞくりと背筋を震わせる。

あれ以降の記憶が途絶えているということは、おそらく出された茶に眠り薬のたぐいでも盛られていたのだろう。眠ってしまった鋼志郎は那須野によって船に乗せられ、まんまとここまで運ばれてしまったのだ。

「何という不覚…」

己の愚かさに舌打ちをしたくなるが、すぐに気を取り直す。

那須野の言葉を信じるなら、ここここそが鋼志郎の探し求めていた『極楽の島』ということだ。期せずして潜入出来たのだから、あとは古内を探し出し、共に脱出すればいい。

目的が定まれば行動あるのみだ。鋼志郎は乱れていた浴衣を直し、そっと襖の外に出た。竹刀があったら心強いが、徒手空拳で戦えてこそ武士という父の教えに従い柔術もこなせるから問題は無い。

板敷の廊下にも黒い影は無く、鋼志郎は安堵の息を吐きながら足を進める。

極楽の島などうさん臭いとしか思っていなかったけれど、少し考えを改めるべきかもしれない。あの影が鋼志郎から離れるなんて、父の死以来一度も無かったことなのだから。

……それにしても、妙な陽気だな。

今は真夏。廊下には左右にいくつも襖が並ぶだけで、どこにも窓は無いのに、霧の中をさまよっているような冷気が肌にじんわりと纏わり付く。極楽なら暑さ寒さとは無縁でも良さそうなものだが。

「……、近付くな！」

鳥肌の立った腕をさすっていると、少し先の部屋からかん高い怒声(どせい)が聞こえてきた。他の部屋の襖は華やかな花鳥風月(かちょうふうげつ)だったが、その部屋の襖にだけ頭と背中が黒い小鳥の群れが描かれている。見覚えはあるのに、名前が思い出せない。

鋼志郎はとっさに襖へ忍び寄り、耳をそばだてた。

「あの遊客(ゆうきゃく)様は私がお慰めするのじゃ。お前は絶対に近付くな」

「そうじゃそうじゃ。忌(い)み子(ご)のお前など懸想(けそう)するのもおこがましい」

「間違ってもあのお美しい遊客様の前に出られぬよう、二目と見られぬご面相(めんそう)にしてくれるわ！」

何人もの怒声とはやし立てる声に、何かを殴ったり蹴(け)ったりするような音が交じる。

何が起きているのか、鋼志郎はすぐに悟(さと)った。立場の弱い者によってたかって乱暴を働くのは、はなはだ嘆(なげ)かわしいが、鋼志郎の通う高等学校でもよくあることだからだ。古内と友誼(ゆうぎ)を持ったのも、東北出身の古内の訛(なま)りをからかい、ちょっかいを出していた同級生たちから助けたのがきっかけだった。

「――やめないか！」

鋼志郎は襖を蹴り倒し、荒々しく部屋に踏み入った。すると美々(びび)しい綾絹(あやぎぬ)の小袖を纏った小柄な少年たちが、弾(はじ)かれたように振り返る。

「…遊客様っ？」

「そんな…、まだ眠っているはずじゃ…」

……男……、だよな？

おろおろする少年たちに、鋼志郎は眉根を寄せる。

皆ほっそりとした美形揃いだが、しどけなく着崩した胸元は平らだし、声も男のものだ。女と見間違いようは無いのに、彼らの全身から滲み出る退廃的な空気となまめかしさが鋼志郎を惑わせる。

それに背筋をかすかにざわめかせる感覚は、道場で強敵と対峙する時と同じ…。

「……う、……」

小さな呻きが聞こえ、鋼志郎は我に返った。少年たちに囲まれ、誰かがうずくまっている。

「どけ！」

鋼志郎は人垣を押しのけ、力無くうずくまる者のそばにしゃがみ込んだ。ところどころほつれた小袖の肩を摑み、がくがくと揺さぶる。

「おい、大丈夫か？　生きているなら返事をしてくれ」

「ゆ、遊客様…」

「ソレに触れては、穢れが…」

少年たちが次々に話しかけてくるが、無視する。

「あ、……あぁ……」

摑んでいた肩が大きく震えた。そっと手を離せば、長い黒髪を揺らし、しなやかな身体がよろよろと起き上がる。

月夜の闇を凝らせたような瞳を向けられた瞬間、鋼志郎は呼吸を忘れた。鋼志郎より数歳上とおぼしき青年は男でありながら、禍々しさと紙一重の妖艶な色香をぷんぷんとまき散らしていたからだ。

なめらかな頰に刻まれた痛々しい殴打の痕さえ、白い肌の引き立て役にしかならない。濡羽色の髪にひとふさだけ交じる白髪は、春が近い野山の残雪を思わせる。

少しでも近付けば魅入られる。触れれば身を持ち崩す。わかっていても手を伸ばさずにはいられない。

魔性の美貌とはこういうものを指すのだろう。帝都一番の器量よしだと同級生たちにもてはやされている人気の女郎も、この青年の足元にも及ぶまい。妓楼に揚がったことの無い鋼志郎でも断言出来る。

「大事無いか？」

「……、はい」

弱々しい応えさえ、しっとりとした艶を含んでいる。何もかも諦めきったような、それでいて刃にも似たぎらつきを帯びた表情に鋼志郎はどきりとした。何も抵抗はしていなかったようだが、この青年は――。

「君は…」

「遊客様。そんな忌み子など放っておいて、どうか私たちを選んで下さいな」

問いを重ねようとしたら、少年の一人がするりと鋼志郎の腕に抱き付いてきた。

吊り上がった瞳が猫を連想させる、綺麗な少年だ。梅の花模様の小袖から甘い匂いが漂ってくる。

「そうですよ、遊客様。せっかく極楽にいらしたのです。この世のものとは思えない快楽を味わって頂かなければ」

「一羽でも二羽でも、お好きなだけお連れになっていいのですよ。遊客様はお強そうですし」

「遠慮は要りません。私たちセキレイは遊客様のためにさえずるのですから」

反対側の腕や背中にしなだれかかってくる少年たちはいずれも男であることを忘れてしまいそうなほどなまめかしく、さえずる声は甘く愛らしい。まるで小鳥のように。

……そうか。あれはセキレイだ。

襖に描かれていた小鳥の名前を、鋼志郎は思い出す。高等学校へ通う途中の川辺で、よく尾羽を振りながらさえずっていた。

「遊客…？　ここは極楽の島ではないのか？　君たちがセキレイとはどういう意味だ？」

襲いかかってくるのならぶちのめせるが、縋ってくる者を払いのけることは出来ない。困惑する鋼志郎に、少年たちはくすくすと笑う。

「仰せの通り、ここは極楽でございます」

「私たちはセキレイ。島を訪れた遊客様を極楽へお連れするモノ」

「まぐわいましょう、遊客様。何度でも、貴方様の望まれるだけ…」

　ここまであけすけに言われれば、いくら朴念仁の鋼志郎でも理解する。ここは極楽の島にあるらしい妓楼で、セキレイと呼ばれる少年たちは色を売る陰間。そして自分はその客なのだと。

「で、出来るわけないだろう、そのような破廉恥な真似が…！」

　鋼志郎は古内を…ここを訪れたはずの友を探さなければならないのだ。苦境に陥っているに違いない友を放って陰間遊びなんて、許されるわけがない。

「おやまあ」

　抱き付いた少年が猫目をしばたたいた。甘い匂いがいっそう強くなる。

「それこそ出来ぬご相談にございます。遊客様はセキレイとたわむれるのが、極楽の掟」

「掟は絶対。守れぬ者に、極楽に滞在する資格はございませぬ」

　くすくす、くすくすくす。

　重なる笑い声は愛らしいのに、喉元に冷たい刃を押し当てられたような感触が走る。全身に絡み付く細腕を振り解いてしまいたい衝動を、鋼志郎はすんでのところで堪えた。

「…どうしても、誰かを選ばなければならないのか？」

「ええ、遊客様」

「誰でも構いませぬ。遊客様がお好みの者を、何羽でもお選び下さいませ」

観念して問うと、少年たちは期待に顔を輝かせた。

鋼志郎は息を吐き、すっと指差す。自分は関係無いとばかりに、さっきからぼんやり視線をさまよわせていた青年を。

「では、彼を」

「え……」

自分のことだと気付いた青年は目を見開き、少年たちは騒ぎ立てる。

「何故、その忌み子を!?」

「考え直して下さい、遊客様！」

「誰でも構わない、好きな者を選べと言ったのは君たちだろう？」

鋼志郎が指摘すると、少年たちはぐっと押し黙った。青年はただ呆けたように鋼志郎を見詰めている。

「俺は君がいい。……駄目か？」

「…、……いえ。光栄でございます」

立ち上がった青年は、不満たらたらの少年たちとは明らかに異質な存在だった。

ぴんと背筋の伸びた身体は、少年たちより頭一つ以上高いだろう。胸高に帯を締め、ほっそりと見せかけているが、鋼志郎の目はごまかされない。白百合を描いた小袖の下に隠れているのは、戦うための強靭な肉体だ。

違和感はますます強くなる。陰間は年若い少年が務めるものなのに、何故二十歳は過ぎただろう青年が陰間の真似などしているのか。

「さあ、遊客様。こちらへ」

青年は優雅に一礼し、襖の外へ出て行く。

追いかける鋼志郎を少年たちは引き止めなかったが、悔しげな視線はどこまでも鋼志郎の背中に絡み付いていた。


青年に導かれたのは、さっき鋼志郎が目覚めたあの部屋だった。

「濡羽と申します」

敷かれたままの布団の前で青年はぬかずき、おもむろに帯を解いた。そのまま小袖を脱ぎ去ろうとする青年…濡羽の手を、鋼志郎は慌てて摑む。

「ま、待て！　そのようなことはしなくていい！」

「……？　ああ、着たままがお好みでしたか」

濡羽は鋼志郎の手をやんわり解き、布団の上で四つん這いになった。誘うように両膝を開き、肩越しに流し目を寄越す。

「どうぞ、お好きなように」

「…違う、そうじゃない！」

小袖から浮き上がる形のいい尻の輪郭に目を奪われそうになり、鋼志郎はぱっと顔を逸らした。そのまま手探りで帯を拾い、濡羽の方に突き出す。

「小袖を着てくれ」

「ですが、遊客様…」

「頼むから、着てくれ。それと俺は中西鋼志郎だ。出来たら名前で呼んで欲しい」

とまどいの気配が伝わってきたが、濡羽は帯を受け取ってくれた。衣擦れの音が何度か聞こえた後、そっと浴衣の袖を引かれる。

「着ました。……鋼志郎、様」

「……ああ」

布団に座る濡羽はちゃんと小袖を纏っていて、鋼志郎は安堵した。男色の気はさらさら無いが、濡羽のあられもない姿を見せられると胸がざわついて困る。

「すまないが、水と手拭いはあるか？　あと、出来たら傷口に塗る軟膏も欲しいのだが」

「……、はい」

おずおずと従う濡羽の動きを、鋼志郎はじっと窺う。やがて望んだものが揃えられると、桶の水に手拭いを浸し、濡羽を手招きした。

「俺の前に座って、少し前かがみになってくれ」

濡羽がまた素直に従ってくれたので、鋼志郎は絞った手拭いで頬の殴打の痕を拭った。なるべく優しく触れたつもりだったが、びくんっ、と濡羽の肩が大きく跳ねる。

「すまん、染みたか?」

「…い、いえ。……その、驚いてしまって」

「驚く? …何故だ?」

「水や手拭いや軟膏は、遊客…鋼志郎様がお使いになるものだと思っておりましたから」

鋼志郎は頬をうっすらと染めた。男色好みの同級生から、男同士は濡れないから菊座を軟膏などで潤わせる必要があると講釈を垂れられたのを思い出したのだ。

ごほん、と鋼志郎は咳ばらいをした。

「言っておくが、俺は君とまぐわうつもりは無い。君を選んだのは、聞きたいことがあったからだ」

「えっ…」

「だが、まずは手当てだ。怪我人を放っておくわけにはいかないからな」

濡羽がぽかんとしているのをいいことに、鋼志郎は頬を拭き清め、軟膏を塗り込める。次に小袖をはだけさせれば、あざになりかけた肩が露わになった。

「…やはり、な」

鋼志郎は半眼になり、引き締まった二の腕や脇腹にぺたぺたと触れていく。いやらしい意図が無いことは伝わったのか、濡羽は黒い瞳を困惑に揺らした。

「鋼志郎様？」

「君のこの身体、生まれつきの素質はあるのだろうが、それを抜きにしても相当鍛えられている。動きにも隙が無かった。戦うための身体だ」

「……」

「さっきの少年たちくらい、簡単に制圧出来ただろう。なのに何故、抵抗もせずなぶられていたんだ？」

濡羽は何度もためらったが、鋼志郎のまっすぐな眼差しに屈したように口を開いた。

「……私が、忌み子だからです」

「あの少年たちもそう言っていたな。何故君が忌み子なんだ？」

鋼志郎は諸肌脱いだ濡羽をしげしげと観察する。

色は雪のように白いが、うらやましくなるほど綺麗に筋肉のついた肉体だ。竹刀を握ればまだしも、組手では敵わないだろう。鍛えても父のように筋骨隆々となれなかった身としては、少々劣等感を刺激されてしまう。

「綺麗な身体だ。どこも忌まわしいとは思えないが、他に理由があるのか？」

「こ、鋼志郎様…」

「言いづらいのなら言わなくてもいい。俺はわけのわからない理屈で暴力を振るう輩も、黙ってされるがままの者も見過ごせないだけだ」

鋼志郎は肩の手当ても済ませ、小袖を元に戻した。これでやっと話が出来ると安堵していると、濡羽がぽつりと呟く。

「……何故、貴方のようなお方がこのくるわ島へいらしたのでしょうか」

「くるわ、…島？」

『くるわ』と聞いて真っ先に『廓』の字を当ててしまったのは、濡羽たちの存在のせいだろう。吉原や島原など、江戸から続く廓は明治の御代でも数多の男たちを受け容れている。

濡羽は静かに首を振り、指先で空中に文字を書いた。

「環を操る、と書いて『操環』と読みます。鋼志郎様のように内地からいらした方々には、極楽の島と呼ばれていますが」

「極楽の…」

つまりここは極楽の島、正式名称操環島で間違い無いということだ。確信と同時に嫌な予感を覚え、鋼志郎は尋ねる。

「内地から、と言ったな。この操環島は帝都からどれほど離れているんだ？」

「私は島から出たことが無いのではっきりとはわかりませんが…一番近い内地の港までは五十里（約二百キロメートル）ほどだと島長から聞いた覚えがあります」

嫌な予感が的中してしまい、鋼志郎は眉をひそめた。四里（約十五キロメートル）くらいなら水練で泳いだ経験があるが、五十里はさすがに不可能だろう。脱出には船が必要不可欠、と頭の中の帳面に書き留める。

「…実は、俺も何故自分がここに居るのかがわからないんだ。連れて来た者に心当たりはあるが…」

「そうだったのですか…」

どうりで、と頷く濡羽は何かを知っているらしい。鋼志郎は居住まいを正し、頭を下げる。

「俺は友を探している。おそらくあの男も…古内もここへ来たはずだ。あいつがどこに居るのか、心当たりがあるのなら教えてくれないか」

「こ、鋼志郎様、頭を上げて下さい！　遊客様がセキレイに…しかもこの忌まわしい身に頭を下げるなど、あってはならないこと…！」

「何故だ？　頼みごとをするのだから、誰であろうと礼を尽くすのは当然だと思うが」

いぶかしみつつも従うと、濡羽は安堵の息を吐いた。心なしか、頬のあざが少し薄くなった気がする。

「ご友人…古内様は、鋼志郎様にとって大切なお方なのですね」

「ああ。付き合いは短いが、得がたい友だと思っている」

鋼志郎が古内義雄と出逢ったのは約一年前、高等学校に入学した直後のことだった。

ほとんどの者が尋常小学校を卒業してすぐ働き始めるこの時代、その上の中学校へ進学する者は十人に一人程度、さらに高等学校まで上がる者はそのうちのごく一握りに過ぎない。由緒正しい士族出身とはいえ、三歳で父を亡くした鋼志郎が教師を目指し、選良の養成機関たる高等学校へ進めたのはひとえに母方の祖父母のおかげである。

父の死後、母は鋼志郎を連れて実家に戻った。身を持ち崩す士族が多い中、珍しく商売で大成功を収め、裕福かつ教育熱心な祖父母は鋼志郎に援助を惜しまなかったのだ。

高等学校の級友たちは出自こそ違えど、たいていが鋼志郎と同じく富裕な家の子息だったので、東北の貧農出身の古内は明らかに浮いていた。

しかし上級生たちに絡まれているところを助けたのをきっかけに交友を持つと、鋼志郎はたちまち打ち解けた。古内は早くに両親を失いながらも貧しい故郷のため、官僚を目指し、細い伝手をたどって上京したばかりか、見事高等学校に合格を果たした気概に満ちた男だ。

ある事情から長く生きられないことを悟り、それでも死ぬまでは精いっぱい生きると亡き父に誓った鋼志郎の目には、まぶしいくらい輝いて見えた。

誰に対しても優しく公平で勉強熱心な古内なら、いずれ帝大に進み、立派な官僚になるだろう。

鋼志郎はそう信じていたが、運命は無情だった。入学して半年が経った頃、古内は労咳（結核）にかかり、休学を余儀なくされてしまったのだ。

この時代の労咳は有効な治療手段が存在しない死病である。古内は後援者の那須野の計らいにより、専門の施設で療養することになった。

……何とか助かって欲しい。あの気持ちのいい男が、俺より先に逝くなんてことがあってたまるか。

鋼志郎の願いもむなしく、古内の訃報がもたらされたのは今年最初の蝉の声を聞いた頃だった。せめて葬儀くらい参列したかったが、古内の生前の希望により、骸は亡くなってすぐ荼毘に付されたという。

悲しみに暮れる鋼志郎のもとに、十日ほど前、油紙で厳重に包まれた本が届いた。古内が好んで読んでいた独逸の詩人ブッセの作品集だ。形見分けのつもりで、生前に手配してくれたのだろう。

入院した頃には死を覚悟していたのか。やるせなさを噛み締めながら頁をめくっていくと、人目を忍ぶように一通の手紙が挟まれていた。

『俺は極楽の島へ行くことになった。もしも俺が帰らなかったら、古内義雄は死んだと思ってくれ』

手紙に記されていたのはそれだけだ。見間違えようが無い古内の筆跡だが、鋼志郎は困惑した。

極楽の島とは何だ？　帰るも何も、古内は死んでしまったではないか。それに病で衰弱しきっていたはずの男が、どうやって海を渡ったというのだ？

死を目前に控え、混乱していたのだろうか。それにしては筆跡に乱れは無いし、そもそも手紙を本に隠して送り付けることがおかしい。まるで誰かに見られるのを怖れているようだ。

手紙には雑誌の切り抜きらしい紙片も添えられていた。もとはどうやら大衆向けの通俗雑誌のようで、極楽の島と呼ばれる孤島についての特集記事だ。紙は古く、雑誌自体もかなり前に発行されたものだろう。

記事によればその極楽の島はありがたい神様に守られており、誰もが病苦から解放され、ただ諸楽を受けるばかりのまさに極楽なのだという。記事を書いた江崎という記者はいずれ島の所在を突き止め、潜入してみるつもりだと結んでいた。

古内の言う極楽の島とは、記事と同じものに違いない。この手の雑誌は勉学にいそしんでいた古内とは無縁のはずだが。

気になった鋼志郎は、雑誌を発行した出版社を訪れてみた。すると幸いにも江崎の同僚だった社員がまだ在籍しており、驚くべきことを教えてくれたのだ。

あの記事の雑誌が発行されたのは、今から十二年も前。江崎は雑誌の発行直後、極楽の島へ潜入すると言って帝都を出たまま戻っていないのだという。

江崎は末期の肺癌を患っており、もはや手の施しようが無いと診断されていたそうだ。だから極楽の島に執着していたのではないかと、元同僚は評した。江崎と同様不治の病に侵された者たちの間で、極楽の島は噂になっていたのだ。

驚きはそれだけでは終わらなかった。

『うちみたいな三流出版社に、高校の学生さんが二人も訪ねてくるとはねえ』

しみじみと語る元同僚に古内の外見の特徴を伝えてみると、確かにその人物が訪ねてきたというではないか。

時期は今年の春先だというから、古内が入院する直前だ。江崎との面会を希望したそうだが、彼が行方不明だと知ると消沈した様子で帰っていったという。

江崎と古内。何の接点も無かったはずの二人が、不治の病と極楽の島という線で結び付いた。おそらく古内は労咳を治す方法を探し求めるうちに、江崎の記事にたどり着いたのだ。

……だが、古内はどうやって極楽の島へ向かったんだ？

極楽の島の所在を知るかもしれない江崎とは出逢えなかった。何か他の手段で知ったのだとしても、やはり病にむしばまれた古内が海を渡るのは無理がある。誰かの助けを借りない限りは。

鋼志郎がいの一番に思い付いたのは、那須野だった。

那須野久三。農家の倅だった彼は身一つで成り上がり、数々の事業を成功させた今では黒い噂も多いものの、将来有望な若者を援助する篤志家としても名を知られている。

古内は那須野の援助を受け、高等学校に通っていたのだ。身寄りが居ない古内の骸を葬ったのも那須野だった。

古内が極楽の島へ赴くために誰かを頼ったとすれば、那須野しか考えられない。

鋼志郎は意を決して那須野の邸を訪ねた。最初はとぼけていた那須野だが、古内の手紙と記事を見せたとたん豹変し…そして。

『いいだろう。そんなに気になるのなら、君も極楽の島へ招待しよう。…戻ってくることは出来んがね』

眠り込んでしまった鋼志郎を、この操環島に運ばせた。そういうことなのだろう。五十里もの距離を運ばれる間、目を覚まさなかったのは不覚としかいいようが無い。

「……なるほど。だから貴方は昨夜、眠ったまま運んでこられたのですね」

鋼志郎が語り終えると、濡羽は思案顔で顎を撫でた。

「おかしいと思ってはいたのです。遊客様がたは私たちセキレイと戯れるか、病苦から逃れるために島を訪問されますが、鋼志郎様はそのどちらにも見えませんでしたから」

「…俺が運ばれるところを見たのか?」

「はい、私以外のセキレイたちも。鋼志郎様のような美形の遊客様はめったにいらっしゃいませんから、先ほどまで伽役を奪い合っていたのです」

それで鋼志郎は腑に落ちた。少年たちが濡羽をいたぶっていたのは、この美貌を損なわせ、伽役から脱落させるためだったのだと。

「美形、か。それを言うなら君の方だろうに」

思ったままを口にしただけなのに、何故か濡羽は頬を淡く染めた。

「…私を、美しいと思って下さるのですか？」

「ああ、もちろん。帝都には人が多いが、君ほど美しい人を見たのは初めてだ」

「そ…、そんな……」

恥じらう表情さえなまめかしさが漂うのだから、いたぶる程度で美貌を損なわせるのは無理だろう。むしろ狼藉を受けた落花のような風情に、劣情をそそられるに違いない。

もっとも鋼志郎がそそられるのは探求心だが。

「さっきセキレイたちが言っていたな。遊客は…島を訪れた者は彼らと戯れるのが掟だと。あれは真実なのか？」

「はい、確かに。遊客様はミアラキ様との対面の儀まで島の妓楼のいずれかに逗留なさり、セキレイのもてなしを受けるのが掟でございます」

「ミアラキ様？」

聞き慣れない言葉に首を傾げると、濡羽は教えてくれた。ミアラキ様とはこの操環島の守り神であり、あらゆる病苦を絶つ神なのだと。

ミアラキ様にかかればいかなる病も怪我も必ず克服出来る。そのご利益に縋りたい者が数多訪れ、救われたことから、操環島は極楽の島と呼ばれるようになったのだそうだ。ありがたい神様など眉唾物だと思っていただけに、実在していたのか、と鋼志郎は驚いた。

「私たち古くからの島民はミアラキ様の敬虔なる信徒。ある者は島を守る戦士となり、ある者は遊客様をおもてなしするセキレイとなり、ミアラキ様にお仕えしております」

「島ぐるみで内地からの客を受け容れているというわけか。…伽役がセキレイと呼ばれるのは？」

「……セキレイは、よく尻を振る鳥ですから」

恥ずかしそうに告げられ、鋼志郎も赤面してしまった。さっき布団で四つん這いになった濡羽を思い出したのだ。

……しかし、そういう役を務めるのなら、普通は女性ではないか？　濡羽をはじめセキレイたちは美形揃いではあったが、男を相手にするのならやはり女性の方が喜ばれるだろうに。

子を孕む危険を避けるためか？　…いや、ならば最初から伽などしなければいいだけだ。

気にならなくなりつつあった冷気が甘い匂いを含み、肌に纏わり付く。何かがおかしいと本能が警告しているのに、何がおかしいのかがわからない。

頭の芯に絡み付く霧のようなものを振り切り、鋼志郎は問うた。

「…俺をここへ連れて来たのは、おそらく帝都の実業家の那須野という男だ。聞き覚えはあるか？」

「いえ…、私は基本的に妓楼から出ませんから。島長なら知っているかもしれませんが」

濡羽は申し訳無さそうに言うが、那須野がこの島に関わっているのは間違い無いだろう。

これまでに得た情報から推察するに、おそらくあの男は島を訪れたい者…ミアラキ様のご利益に縋りたい者たちを島に導く窓口の役割を果たしているのだ。古内も、きっと江崎も那須野を頼り、操環島にやって来た。

だとすれば…ミアラキ様と対面を果たした後、彼らはどこへ行ったのだ？

病を克服したのなら、学校や出版社に戻って来るはずである。だが現実には古内は死んだことにされ、江崎は十二年もの間行方不明のままだ。

「では、古内義雄と江崎という男は？」

遊客はセキレイのもてなしを受けるのが掟だという。濡羽は見たところ二十代半ばくらいだから、江崎は知らないかもしれないが、最近訪れたはずの古内は覚えている可能性が高い。

「江崎様はわかりませんが、古内様なら存じております」

予想通りの返答の前半で、くらり、と鋼志郎は軽いめまいのような感覚に襲われた。同時に芽生えるのは強烈な違和感だ。

『濡羽は嘘を吐いている』

直感が頭を貫くのは、これが初めてではない。あの影に憑かれた影響か、鋼志郎は異常なまでに勘が鋭かった。今まで外したことは一度も無い。

……つまり、濡羽は江崎を知っているということか？　何故そんな嘘を吐く必要がある？

「古内様は先月この島に到着され…二十四日ほど前、ミアラキ様との対面を果たされました。おもてなししたのは私以外のセキレイですが」

「な…っ、それは本当か？」

「はい。その後は連絡船で内地へお戻りになったはずです」

嘘だ。

また直感が閃いた。古内が本当に帝都へ戻ったのなら、何故那須野は死んだなどと公表したのか。

古内は…きっと江崎も、内地へ戻ってなどいない。

彼らはまだ、この島に…この甘い匂いの漂う冷たい空気の中に…。

「鋼志郎様」

考え込む鋼志郎の手に、濡羽の白いそれがそっと重ねられた。刹那、鋼志郎を震え上がらせた氷のような冷たさは、すぐに肌に馴染んで温もりを帯びる。

「ぬ…、濡羽……？」

「望んで島に来られたのではないことはわかりました。ですがいかなる理由があれども、遊客様はミアラキ様と対面されなければなりません」

——そして。

歌うように告げる唇は紅も塗っていないのに紅く、熟れて落ちる寸前の果実のようにみずみずしい。

「対面の儀は満月の夜に執り行われる決まり。次の満月は六日ほど後…それまでの間、鋼志郎様もまたセキレイのもてなしを受けなければいけません」

「そんなこと……」

出来るわけがない。鋼志郎にだって肉欲はあるが、同性相手にその気になれないし、何より古内がどんな目に遭っているのかもわからないのに淫蕩にふけるなど考えられない。

「出来ない、などとおっしゃってはなりませんよ。……ほら」

濡羽が襖の方へ視線を向ける。鋼志郎は肝を潰した。閉めたはずの襖が薄く開かれ、その隙間からセキレイの少年たちが覗き込んでいたのだ。

はあはあと、荒い息遣いがここまで聞こえてくる。

「掟は絶対です。もしも鋼志郎様が誰も選ばないのなら、鋼志郎様を望む全てのセキレイたちに乗られ、代わる代わるまぐわわされることになるでしょう」

「だ、だが俺は…」

「大丈夫。私に任せて下さい」

あでやかに微笑み、濡羽は鋼志郎の手を口元に引き寄せた。幼い頃から竹刀を握ってきたせいでごつごつした手の甲に、やわらかな唇を押し当てる。

とっさに振り解こうとしても、びくともしない。ただやんわりと摑んでいるだけの手に押さえ込まれる。

「貴方の精のひとしずくまで、私が搾り取って差し上げますから」


――何だこれは。何だこれは…、何なんだ……。

頭の中が疑問に埋め尽くされている間に、枕の二つ並んだ褥に押し倒され、浴衣の帯も下帯も奪い取られていた。

「ああ…、何てかぐわしい……」

当然のようにまたがってきた濡羽は黒い瞳を蕩かせ、日に焼けた鋼志郎の胸や腹に顔を埋める。甘い吐息にくすぐられるたび背筋や股間が疼き、鋼志郎はびくんびくんと四肢をわななかせた。

「あ…、あっ……」

「…こうして触れられるのは、初めてですか？」

下帯から解放された肉茎がやんわりと握られる。

鋼志郎は答えなかったが、すでに熱を孕んでいたそれが濡羽の手の中でぶるんと震えれば、肯定したも同然だ。

「初めてなのですね。……嬉しい」

「や…っ、やめ…っ…」

「この綺麗なお身体に、最初の快楽を教えて差し上げられるなんて…！」

人間離れした美貌を輝かせ、大きく脚を割り開くと、濡羽は何のためらいも無く肉茎を咥えた。ぬるつく粘膜に包まれる初めての感触は、今まで味わったことの無い快感をもたらす。

「……く…っ、……う、ぁぁ……っ！」

男に急所をしゃぶられて善がるなんてまっぴらだ。必死に口を閉ざそうとする鋼志郎は気付かない。

快楽を堪えるその表情こそ、男の劣情を煽り立てるということに。隙間から覗く少年たちが身を乗り出したことにも。

「ふふ…、鋼志郎様…」

濡羽は襖の方を一瞥し、いったん解放した肉茎に頬を擦り寄せた。しみ一つ無い白い頬が、唾液と先走りの混じった液に濡れる。

……え？

鋼志郎はぱちぱちとまばたきをする。ついさっきまで刻まれていたはずの殴打の痕は、どこへ行った？

「どうか我慢などなさらないで。私はセキレイ…遊客様に奉仕し、さえずるモノなのですから」

「…あ…っ、ああ……っ！」

疑問は熱い感覚に呑み込まれた。

今度は声を堪えきれない。上目遣いの眼差しに目を釘付けにされ、ゆっくりと口内に沈んでいく肉茎を見せ付けられるせいで。

「あ…っ、や、やめろ…、やめてくれ…」

嫌がる口先とは裏腹に、しなやかな脚はもっと奥まで入れて欲しいとねだるように濡羽の頭を挟み込む。

応えの代わりに喉を鳴らし、濡羽はたっぷり唾液を纏わせながら喉奥まで肉茎を咥えていった。

「だ…、駄目だ、駄目…、…っ…」

幾度も口走るうちに、わからなくなってしまう。何が駄目なのか――無意識に振りたて、喉奥に先端を打ち付けてしまう腰か、女とまぐわってもきっとこれほど善くはないだろうと悟ってしまう自分か、じわじわと強くなってくる甘い匂いか、敏感な部分をくすぐる濡羽の長くつややかな髪か。

……何故だ？

荒れ狂う熱の波に侵食されかけた頭を、鋼志郎は懸命に巡らせる。

……俺は古内を探していたはずなのに、何故こんなことになっているんだ？

「う……ぁ、あ、……ああ…っ…！」

どくん、とひときわ強く心臓が脈打った瞬間、鋼志郎は濡羽の口内に熱い飛沫をまき散らした。濡羽は胴震いする肉茎にすかさず舌を絡め、肉の管に残ったわずかな精まで搾り取る。美味そうに精を飲み下す生々しい音は、鋼志郎に強烈な羞恥と屈辱をもたらした。まだ古内の所在すら掴めていないというのに、よりにもよって男になぶられ極めてしまうとは。

「鋼志郎様…、どうしてそのようなお顔をなさるのですか？」

長い黒髪をさらさらと揺らし、濡羽は起き上がった。濡れた唇を直視出来ずに顔を背ければ、そっとのしかかられ、無理やり目を合わさされる。

「鋼志郎様の精はたいそう濃く、美味でしたのに」

「…やめろ」

眉をひそめる鋼志郎に構わず、濡羽は舌を出す。紅いそれに絡み付いた白い粘液の正体など、考えるまでもないし考えたくもない。

なのに濡羽は見せ付けるように舌を指先で拭い、ちゅぷ、と目の前でしゃぶってみせるのだ。

「ああ…、甘い」

「っ……」

見ては駄目だ――本能が警告する。

恍惚を滲ませる美貌も濡れた唇も、これみよがしに上下する喉も、見続けたら捕らわれてしまうと。けれどぴたりと身体を重ねられてしまっては、身じろぎ一つ叶わない。

「私が男なのがお気に召しませんか?」

「……」

そうではない。嫌なのは行為そのものだ。

素直に告げるのも癪で黙っていると、濡羽は鋼志郎の目をてのひらで覆った。

「でしたらずっと目を閉じて、お好みの娘でも思い浮かべていらっしゃればいい。男でも女でも、やることに大差はありません。私はただ、貴方が快楽を得るための道具なのですから」

「…出来るか、そんなこと」

思わず濡羽の手を払いのけたのは、あばずれのような言い分にどうしようもない苛立ちを覚えたせいだ。

丸くなった瞳には本人も気付いていないだろう悲しみが滲んでいて、ますます腹が立った。

「いいか、濡羽。俺は友を差し置いて淫楽に耽ることそのものが嫌なのだ。たとえ君が女だとしても拒んだだろう」

「鋼志郎様…、ですが私は忌み子のセキレイで…」

「その、ことさら己を卑下するような言い方は不愉快だからやめろ。君は道具などではない。一人の人間だ。少なくとも俺にはそう見える」

しかも日夜厳しい鍛錬を欠かさず、道場一の猛者と謳われた鋼志郎をたやすく押さえ込める肉体と技量の主なのだ。出逢ったのがこんなところでなければ、ぜひ道場に誘って共に切磋琢磨したいくらいである。

「人間……私が……」

濡羽は呟いたきり、呆けたように動かなくなった。あらゆる感情が抜け落ちた顔は整いすぎているせいで、精巧な人形のようだ。

絡み付く腕がわずかに緩む。これは好機と抜け出そうとしたとたん、息が出来なくなった。

「…う、……」

喉から漏れた声と口をふさぐやわらかな感触で、濡羽に口付けられているのだとようやく悟った。突き放そうとした手はたちまち捕らわれ、荒々しく布団に押し付けられる。

「ぐ、…う、うぅっ…」

とっさに閉ざした唇は執拗な舌にこじ開けられ、侵入を許してしまう。青臭い味に眉を寄せる余裕があったのは、縮こまる舌を捕らわれるまでの間だけだ。

「う…う、ぐ、…くぅっ…」

絡み付いた舌は容赦無く鋼志郎のそれを吸い立て、混ざり合った唾液を喉奥へ流し込む。口をふさがれてしまっては嚥下するしかない。

「う…、…っ…」

舌から喉へ流れ落ちていくそれを奇妙に甘く感じてしまい、鋼志郎は両の脚を跳ねさせた。息が出来なくて苦しい。のしかかる長身をどうにか蹴飛ばそうとするが、濡羽は鋼志郎の口内を蹂躙しつつも巧みに体重をかけ、抵抗を許さなかった。

「…ぐっ、う、ううぅっ！」

口がふさがっているのは濡羽も同じはずなのに、肉体のみならず肺腑まで強いのだろうか。

とうとう目がちかちかとし始め、鋼志郎は激しく首を振った。さすがにおかしいと思ったのか、濡羽はようやく離れてくれる。

「はぁ、はあ、はあ、はあっ…」

半ば咳き込みながら空気をむさぼっていると、絡み付くような視線を感じた。濡羽が汗で湿った鋼志郎の髪を撫でる。

「何故、息をなさらないのですか？」

「何故って…口がふさがっていたら、息など出来んだろうに」

ふさいだ張本人が何をほざくのか。

思わず睨み付けてやれば、濡羽はつかの間きょとんとしてから美貌を甘く蕩けさせた。夏の夜にだけ咲くという月下美人の花のような笑みに、苛立ちは霧散してしまう。

「うぶでいらっしゃるのですね。心も、……身体も」

「…なっ…」

「愚弄(ぐろう)しているのではありません。嬉しいのです。嬉しくて、…嬉しくて嬉しくて嬉しくて…ああ、たまらない…！」

にいっと細められた黒い瞳の奥で、ぎらついた光が弾ける。

おもむろに身を起こした濡羽から伸びる影が巨大な獣のように見え、背筋がぞわりと粟立(あわだ)った。

反射的に逃げを打とうとしたとたん、うつ伏せに組み敷かれ、浴衣を奪い取られてしまう。

「…ひっ…！」

下肢(かし)だけを上げさせられ、さらされた尻のあわいを生温かい吐息がくすぐる。まさか、気のせいであってくれという鋼志郎の願いもむなしく、ひっそり息づく蕾(つぼみ)に濡れた舌が這わされた。

「うあ…っ！」

誰にも触れさせたことの無い——触れさせてはならない場所を、よりにもよって男に舐(な)められている。

すぐにでも無礼者を振り解き、鉄拳(てっけん)を喰らわせてやらなければならないのに、身体に力が入らない。濡羽に抱え込まれた太ももを生まれたての小鹿のように震わせ、蕾をすぼめるのが精いっぱいだ。

「あ、あ…っ、や、やめろ…」

ようやく絞り出した声は我ながら嫌になるほど弱々しく、上ずっている。しとどに濡らされた蕾に、笑みを含んだ息が吹きかけられた。

「…や…っ、あぁっ…」

濡羽の妖艶な微笑みを想像してしまい、すぼめていた蕾が緩む。待ちわびたとばかりに、熱い舌がにゅるにゅると入り込んできた。

「あ、ああ、あ…っ…」

尻を男の舌に犯されている。脳髄が焼かれそうな恥辱と気色悪さは、歓喜を隠さずにうごめく舌が媚肉ごと拭い取っていった。

「…っあ、…ん、……っ」

こぼれた呻きは甘く、鋼志郎は布団に顔を押し付ける。

だが、そのくらいでは消えてくれない。不埒な舌に灯された熱も、腹の中からじわじわと広がる快楽の波も。必死に気を逸らそうとすればするほど鋼志郎の心と身体をむしばんでいく。

「鋼志郎様……」

名残惜しそうに舌を抜いた濡羽が、うっとりと囁いた。熱に潤んでいるのだろうその瞳に映るのが自分の尻の穴だと思うだけで、羞恥で死にたくなる。

「……ひ、あぁっ!?」

震える尻たぶをいやらしく撫でられた直後、舌ではない細く硬いものが尻の中に入ってきた。濡羽の指だ。

びくっと跳ねる身体をあやすように、濡羽が背中に覆いかぶさってくる。

「大丈夫。怖がらないで」

「あっ…、あ、ぁっ」

「私が貴方に差し上げるのは快楽だけ。ここはあらゆる苦痛と無縁の極楽なのですから」

かすかに混じる皮肉の気配に抱いた疑問は、ぐちゅりと腹の中をかき混ぜられる異様な感覚に打ち消された。

長い指は濡れた媚肉を拡げ、やわらかく解していく。慣れた動きから濡羽が男相手に相当な経験を積んでいるのだと否応無しに悟ってしまい、何故か心がざわついた。

……俺以外の男も、こんなふうに愛撫するのか？

自分でもよくわからない苛立ちを持て余していると、ぐりっ、と腹の内側を強く抉られ、目の前に火花が散った。大きくあえいだ喉を、濡羽がもう一方の手で撫で上げる。

「ああ…、ここが貴方の情けどころなのですね」

「情け…、どころ…？」

「ここを責められると、善くて善くてたまらなくなる場所のことです。…すぐにわかりますよ」

ぐぷぷ、と濡れた媚肉をなぞりながら、指がもう一本暴虐に加わった。情けどころを二本の指で容赦無く愛でられ、鋼志郎は甘い悲鳴を漏らす。

「あぁっ、あ、は…ぁっ、あ、あ…」

熱い——熱い。腹の中もさっき極めたばかりのはずの股間も、今にも燃え上がってしまいそうなくらいに。

「ふふ……」

濡羽は微笑み、震えるうなじに唇を落とす。

強く吸い上げられ、鋼志郎は痛みと共に屈辱を味わった。濡羽はきっと気付いている。刺激を求め、物欲しげに揺れてしまう腰に…気付いていて放置している。

「…そう、もっと甘くさえずって…」

「ぐ…っ、う、あ、ああ、あっ」

「可愛い…、貴方は本当に可愛くて、ああ、……」

耳元に吹き込まれた囁きは獣じみた熱に溶け、うまく聞き取れなかったが、ろくでもないことだと察しはつく。さらに増やされた指が腹の中を探りだしたから。

「…いっ…、あ、ぁ…っ、あぁ…」

「鋼志郎様、鋼志郎様……」

喉から鎖骨、そして胸元へと手をすべらせ、濡羽は鋼志郎の尻に股間を擦り付ける。

小袖越しに伝わる熱は情けどころをわななかせ、そこを執拗に抉られれば、さらなる快感が襲ってきた。

「ひっ……ん、あ、あぁ……っ！」

反り返っていた肉茎がぐんと張り、先走りを垂らす。絶頂の予感に背中をしならせれば、乳首を摘まみ上げていた手がすかさず根元を縛めた。

「何故っ…」

鋼志郎は思わず抗議してしまい、その浅ましさにかあっと赤面する。まぶしそうに黒い瞳を細め、濡羽は日に焼けた健康的な背中に口付けを散らした。

「また極めさせて差し上げたいのは山々ですが、私もそろそろ限界ですので」

腹に居座っていた指が抜かれ、しゅる、と帯が解ける音がした。

ふっくらとほころんだ蕾に熱いものがあてがわれる。

嫌な予感に振り返り、鋼志郎は硬直した。全身を支配していた熱がさあっと引いていく。

下帯も締めず、白百合の小袖だけを羽織った見事な裸身――その股間にそびえる凶悪な大蛇のような肉刀が、己の尻のあわいを捕らえていたせいで。

「君は、まさか、それを」

「ええ。…これで極楽に連れて行って差し上げますよ」

「ふ、ふざけるな…！」

そんなものが男の尻に入るわけがない。女だって厳しいだろう。

本能的な恐怖を覚え、なりふり構わず這いずって逃げようとして、鋼志郎は息が止まりそうになった。

「…君…、は…」

青ざめる鋼志郎に、頬を染めながら笑いかけてくるのは猫目の少年だ。梅の花の小袖があちこち乱れている。

「遊客様、忌み子に情けをかけられるのはやめて、私とまぐわいましょう?」

「そうですよ、遊客様。男子(おのこ)なら犯されるより、具合のいい穴に突き入れたいでしょう?」

梅の花の少年の隣で、べっ甲(こう)のかんざしを挿(さ)した少年が鋼志郎に尻を向けた。四つん這いになって小袖をまくり上げ、後ろに伸ばした手で下帯をつけていない尻たぶを迷い無く割り開いてみせる。

「ほら…、いつでも遊客様をお迎え出来ますよ」

自分で解したのか、ほころんだ蕾をくちゅりとこれみよがしに拡げられ、鋼志郎は後ずさった。あてがわれていた濡羽の切っ先がわずかにめり込み、その熱さに肩を跳ねさせる。

「一人だけなんてずるい」

「その子が選ばれるのなら、私も」

「いいえ、私を」

いつの間にか布団は何人もの少年たちに取り囲まれていた。はだけた小袖から胸やら尻やら見せ付けてくる彼らは、さながら餌にたかるセキレイの群れだ。

濡羽に翻弄されていたとはいえ、これほど接近されるまで気が付かなかったなんて。愕然とする鋼志郎の尻を、熱い手が撫でる。

「いかがなさいますか、鋼志郎様」

「濡羽……」

「私とまぐわいながら、あの者たちを犯してみますか？　それとも、私だけとまぐわいますか？」

どうあっても誰かとまぐわわなければ、この異常な行為は終わらない。めり込んだ切っ先の熱さと、少年たちの期待に満ちた眼差しが残酷な事実を告げている。

犯されながら犯すか、ただ犯されるか。

どちらかしか選べないのなら――。

「君…、と…」

拒絶に喉をひくつかせ、鋼志郎は濡羽を振り返る。じっと鋼志郎を見詰めていた黒い瞳が歓喜に輝いた。

「私だけを選んで下さるのですね？」

かすかに首を上下させた瞬間、切っ先がずぷりと蕾に沈み込んだ。

「あっ…、あ、ああ…」

「鋼志郎様…、嬉しい、鋼志郎様…！」

ぶちゅ、ぐちゅうっ、と耳をふさぎたくなるような音をたて、美しいかんばせにそぐわぬ肉の凶器が鋼志郎の腹を割り開いていく。

……あの大きなものが、俺の中に…。

じっくり解されていたおかげか、覚悟したほどの痛みは無い。だがその分肉を限界まで拡げられ、引きつる感覚や、むっちりとした肉刀の感触を存分に味わわされてしまう。

「遊客様…、素敵……」

猫目の少年が熱に浮かされたように鋼志郎へ手を伸ばす。だが触れる寸前、濡羽の鋭い一喝が飛んだ。

「触れるな」

「ひぃっ…」

同じ人間とは思えないほど冷ややかな声音に、少年は炎に突っ込んだように手を引いた。

いや、猫目の少年だけではない。小袖を脱ぎ、目をらんらんと輝かせながら鋼志郎ににじり寄ろうとしていたセキレイたちがいっせいに離れていく。

「鋼志郎様は私を選んで下さった。対面の儀まで、お世話をするのは私だけだ」

「…っ…」

「忌み子のくせに…」

セキレイたちは忌々しそうに濡羽を睨むが、さっきのように暴力に訴えようとする者は居ない。

鋼志郎には彼らが猛禽に捕食される哀れな小鳥に見えた。何人群れてかかったとしても、濡羽を打ち倒すことは叶わない。

きっと彼らとてわかっていたはずだ。でも、ずっと忘れていた。濡羽が忌み子だからという理由で、一切の抵抗をしてこなかったから。

今になってあらがったのは…鋼志郎をセキレイたちの餌食にさせたくなかったから？

「……あ、…ぁん……っ…」

大きすぎるものを銜えさせられた蕾がきゅんと疼き、歓迎するようにうごめいた。濡羽はずぶずぶと腰を進め、鋼志郎を背中から抱き締める。流れ落ちる髪から漂う匂いも、うなじをくすぐる吐息さえも甘い。

「あぁ…、善い……」

「は…ぁっ、あ…っ…」

とうとう全てを収めきった濡羽がうっとりと囁いた。

悦楽の滲む声音に眩惑されたのは、鋼志郎だけではない。セキレイたちも憎々しげにゆがんでいた顔を蕩かせ、己の胸や蕾をいじりだす。

「善くて善くて、溶けてしまいそう…こんなことは、初めて…」

「…あ、あっ、お、奥、奥が…」

「ええ、鋼志郎様。もっと奥まで入って情けどころをたくさん突いて差し上げましょうね。…とろとろに蕩けたら、ここを…」

ぐちゅ、ずちゅ、と媚肉を抉り回しながら濡羽は鋼志郎の腹を撫でる。

「私の精でいっぱいにしましょう。誰も貴方に手を出そうなどと血迷わないくらいに…」

猛禽の眼差しに射られたセキレイたちがヒッと短い悲鳴を上げる。だが男と思えないくらい美しく愛らしい顔はすぐ快楽に溶け、近くの仲間たちと互いを慰め始めた。

「駄目だ…、そんなこと、俺は、…俺は…っ…」

「鋼志郎様」

古内の名を紡ぎかけた唇に、濡羽の指が優しく触れた。たったそれだけなのに何も言えなくなる。人間ではとうてい敵わない猛獣のあぎとに放り込まれたような恐怖に襲われて。

「そう…、鋼志郎様。他の男のことなど考えないで。私だけを感じて下さい」

「う…っ、あ、あぁ…んっ、あっ…」

「私が最後まで、いい子でいられるように…」

いったん引いた腰を一気に打ち付けられ、肉と肉がぶつかり合う高い音が響いた。最奥を容赦無く抉られ突きまくられる未知の感覚は、ほんの数回情けどころを擦り上げられただけでえもいわれぬ快楽にすり替わっていく。

涙でぼやける視界に、布団に投げ出されたお守りが映った。男の中の男と称えられた父が今の息子を見たら、どう思うだろうか。

男に犯され、その周りでは少年たちが絡み合い、喘ぎ声を上げている。…極楽だって？　これのいったいどこが？

……ああ、父上……。

激しく腰を使う濡羽の影が、逆さ屏風で躍っている。

熱で溶かされてしまいそうな頭に父の死に顔が浮かんだ。

風邪一つ引いたことが無かったのに、ある朝冷たくなっていた父。安らかとはほど遠い死に顔。その日から見えるようになった黒い影。

父はきっと悟っていたのだ。近いうちに自分はあの影に命を刈られてしまうのだと。

次は自分の番だと思っていた。けれどあの影に刈られる前に、この世のものとも思えないほど美しい男に捕まることになるなんて。

「ああ…っ、あ、ああ、あ――……！」

最奥のさらに奥へ嵌まり込んだ切っ先が弾け、大量の精をほとばしらせた。肉刀はびしょびしょに濡らされた媚肉をねちゅねちゅとなすりながら、精をより奥へと送り込んでいく。

くらり、と視界が回った。

逆さ屏風に映る影も淫蕩に耽るセキレイたちもだんだんぼやけてゆき、首筋に押し当てられた昏の熱さに震えたのを最後に、鋼志郎は意識を手放した。

あの影が初めて見えたのは、父が亡くなった日のことだ。何度まばたきをしても目をこすっても消えない、人間の形をした黒い影。

鋼志郎（こうしろう）が不審に思い近付けば遠のき、遠ざかろうとすれば近付いてくる。決して触れられないそれは常に一定の距離を保（たも）ちつつも、視界の端に留まり続けた。まるで自分の存在を忘れるなと言わんばかりに。

最初は蜃気楼（しんきろう）のようにぼんやりしていた影は鋼志郎の成長と共に鮮明さを増し、中等学校に入る頃には頭からすっぽり黒衣（こくい）を纏（まと）った男の姿に見えるようになっていた。

男といっても鋼志郎より大きいからそう判断しただけで、黒衣の中身は黒い靄（もや）が漂い、どんなに目をこらしても見えないのだが。

影が不吉の象徴であることは、父の亡くなったその日に現れたことや、鋼志郎以外の者には見えていないことから何となく察していた。

災（わざわ）いの化身（けしん）だとはっきり理解したのは、蔵に仕舞い込まれていた中西（なかにし）家の家系図を発見した時だ。

父は二十一歳の若さで亡くなったが、祖父も曾祖父(そうそふ)も高祖父(こうそふ)もそのまた父も…中西家の直系男子は軒並(のきな)み早死にを遂げていた。三十歳まで生きられた者は一人も居ない。

――あの影のせいだ。

本能的に理解したのは、鋼志郎もまた中西家の直系男子だからだろう。あの影は中西家の直系男子に取り憑(つ)き、魂を刈り取ってしまう…そう、死神なのだ。

何故中西家が死神に憑かれるはめになったのか。鋼志郎以外の血族が全員亡くなってしまった今では、確かめようも無い。

父もきっと死神の影が見えていた。そして鋼志郎と同様、影が鮮明になってゆくにつれ己の死が近付いてくるのを感じ取っていたのだろう。海へ連れて行ってくれたのも、お守りを授(さず)けてくれたのも、とうとうその日が訪れると予感したからに違いない。

自分もきっと、長くは生きられない。死神の姿がはっきりと見えるようになった瞬間、魂を刈り取られる。その時鋼志郎が子をもうけていなければ、中西家の系譜(けいふ)はそこで絶えるのだろう。

残された時間は長くない。死神から逃れる手段も無い。

だが鋼志郎は理不尽さに憤(いきどお)りこそすれ、嘆(なげ)きはしなかった。人はいつか必ず死ぬのだ。ただその時期が他人より早くなっただけのこと。

刹那(せつな)の生だからこそ、後悔を残さぬよう最期の瞬間まで精いっぱい生きなくてはならない。

『何度転ぼうと恥じなくていいのだ。真に恥ずべきは痛みに打ちのめされ、起き上がるのを諦めることよ』

　泉下(せんか)の父もきっと、そう願っているはずだから。


　花のような蜜(みつ)のような、甘い匂いに包まれていた。髪を優しく梳(す)かれるのが気持ち良くて、鋼志郎はすんすんと鼻をうごめかせる。

「可愛い……」

　愛(いと)おしげな囁きと共に額(ひたい)にやわらかなものが触れ、眠りに沈んでいた意識が浮上(ふじょう)した。何度もしばたたきながら開いた双眸(そうぼう)に、惚れ惚れするほど見事な胸板が映る。

「……っ！」

　濡羽(ぬれば)に抱かれ、一つの布団を分かち合っている。

　現状を理解した瞬間、爛(ただ)れたまぐわいの記憶までもがよみがえり、鋼志郎は絡み付く腕を振り解(ほど)いた。セキレイたちの姿が無いことに心から安堵する。

　部屋は暗く、行灯(あんどん)が灯(とも)されていた。まだ夜なのか。…いや、明るい室内で鳴かされていた記憶もかすかにあるから、翌日の夜なのかもしれない。

「鋼志郎様……？　何故……」

布団から転がり出て身構える鋼志郎を、濡羽はきょとんと見詰めた。

「…触れるな。俺は君と進んであんなことをしたわけではない」

厚かましい主張であることは承知している。よみがえった記憶の中で、肉欲に溺れているのは濡羽だけではないのだから。

『あ…っ、も、っと…』

『ここがお気に召したのですね。…こちらはいかがですか？』

『そこも…、いい、…あ、あんっ』

四つん這いにされて獣のように、あお向けで脚を開かされ正面から、胡座をかいた濡羽の膝に座らされ真下から……あらゆる体勢で貫かれ、あまつさえ精を腹に放たれながら、鋼志郎は確かに悦んでいた。

脳髄を煮溶かされそうな悦楽をむさぼり喰っていた。鋼志郎の痴態に酔いしれ、そちこちでまぐわうセキレイたちの善がり声さえ心地よかった。

けれど熱から解放された今は、疑問しか存在しない。女とすら経験の無い自分が、どうしてあれほど乱れ狂ったのか。

「……私に、魅了されてはいないのですか？」

とまどったように問われ、鋼志郎は眉をひそめる。

「魅了？　確かに君は美しいと思うが、こんな時に何を…」

「いえ、そういうことではないのです。…その、私の願いなら何でも叶えたいとか、常に私に触れていたいとか、いつでもまぐわいたいとか…そのようなお気持ちになられませんか？」

「ならないな」

即答すると、濡羽はぽかんと口を開けた。そんな表情さえさまになるのは、この男くらいだろう。

「……族の力が効かない？　そんな人間が居るのか？」

呟きはごく小さい上に早口で、鋼志郎の耳にはほとんど届かなかった。聞き返す前に濡羽は微笑み、枕元の乱れ箱を持って起き上がる。

「いつまでもそんな格好でいらしては、風邪を召されてしまいますよ」

「え？　あ……」

麻の浴衣を肩から羽織らされ、鋼志郎は今さらながら自分が全裸だと気付いた。慌てて胸元を探り、父のお守りが下がっていることに安堵の息を吐く。眠り込んでいる間に奪われてもおかしくないと危ぶんだのだが。

「鋼志郎様の大切なものを、奪おうとは思いませんよ」

小袖を纏いながら苦笑する濡羽は、自分にかけられた嫌疑に勘付いているのだろう。ばつの悪さを覚え、鋼志郎は頭を掻く。

「…どうして、これが大切なものだと?」

「まぐわう間、私やセキレイたちが少しでも触れようとしたら泣いて嫌がっていらっしゃいましたから」

否定したかったが、悲しいことにその記憶もはっきり残っている。濡羽とまぐわう間の自分はささいなことにも感情を波立てられ、泣いて善がっていた。本当にどうにかしていたとしか思えない。

「恥じる必要はありませんよ。セキレイとまぐわえば、誰でもそうなります」

濡羽が濃紺(のうこん)の兵児帯(へこおび)を差し出してくれたので、鋼志郎はそそくさと浴衣を着付けた。

……誰でもそうなるということは、古内(ふるうち)も?

友の濡れ場を思い浮かべそうになり、鋼志郎はぶんぶんと頭を振る。廊下に出ていた濡羽が傍(かたわ)らに座り、寝癖のついた髪を優しく直した。

「どうぞ、鋼志郎様。お腹が空(す)かれたでしょう?」

差し出されたのは大きな朱塗(しゅぬ)りの弁当箱だった。

中には十字の仕切りがあり、俵型(たわらがた)のおにぎりや煮物、焼き魚、卵焼きなどが品良く盛られている。帝都の一流料亭で出されてもおかしくなさそうな手の込んだ弁当は、こんなところでは違和感しか無い。

「これは…」

「毒など入っておりませんから、ご安心を。…ほら」

濡羽は卵焼きを一切れつまみ、美味そうに食べてみせる。男にしては白くしなやかな指先や紅い唇、上下する喉に鋼志郎の目は吸い寄せられた。昨夜は何度あの指や唇に翻弄されたことか…。

「さあ、どうぞ」

箸を渡され、鋼志郎ははたと我に返った。別に毒を心配したのではないのだ。濡羽たち島民は遊客を必ずミアラキ様に対面させなければならないのだから、その前に毒を盛ったりはしないだろう。

「君の分は?」

「え……」

「だから、君の分は無いのか?　君だって腹は減っているだろう?」

空腹の人間の前で、一人だけ飯を喰らうほどいやしくはない。誰でもそうだろうに、濡羽は信じられないとばかりに目を瞠る。

「…私は…、毒味以外、人前でものを食べることを禁じられておりますので…」

「それは…もしや、君が忌み子とやらだからか?」

「おっしゃる通りです」

あっさり肯定され、頭が痛くなってくる。濡羽のどこに忌む要素があるのかわからないが、この操環島で忌み子は相当疎んじられているらしい。その割には大切な客の接待をさせるというのはちょっと妙な話だ。

「俺が望んでもか？」

「鋼志郎様が…？」

「一人の食事は味気ないからな。客のもてなしが務めだというなら、付き合ってくれないか？」

濡羽は迷いに迷った末、もう一人分の弁当を取ってきた。鋼志郎も満足し、見た目にふさわしく美味な弁当に箸をつけていく。

「…鋼志郎様は、不思議なお方ですね」

弁当がほぼ空になった頃、ぎこちなく箸を使っていた濡羽がぽつりと呟いた。

「ここへおいでになったのも、私とまぐわったのも本意ではないのに、疎ましいはずの私に優しくして下さるなんて…」

「優しいって…普通だろう、これくらい。それに君とまぐわったのは確かに望んだことではないが、抱かれて善がったのは俺自身だ。誰かのせいにする気は無い」

食事中の会話はなるべく控えるよう躾けられているのに、今日は不思議と口がよく動く。

常に視界にちらついていた死神の影が無いからだろうか。それとも、さんざん自分をもてあそんだはずの男がひどく頼りなく見えるからだろうか。

「…貴方がそういうお方だから、私は…」

濡羽はまだ半分以上残った弁当を置き、鋼志郎の隣ににじり寄った。すっとうなじに唇を寄せ、甘い息を吹きかける。

「っ…、濡羽…」

箸を取り落としそうになり、慌てて伸ばした手を濡羽に引き寄せられた。日に焼けごつごつした手の甲に、やわらかな唇が押し当てられる。

「な…っ、君、今は食事を…」

「ほとんど召し上がったでしょう？　私は食事より、貴方を食べたい」

いやらしく唇をすべらせ、濡羽は鋼志郎の指をぱくりと咥える。

ぬるぬる舌を這わせながら指の根元までしゃぶっていく朱唇の淫らさに、昨夜の記憶が重なった。もう出ないと訴えても構わず肉茎をしゃぶられ、熱い口内で喰い尽くされた記憶…。

「ねえ…、……いいでしょう？」

指の付け根にやんわりと歯を立てられる。

「…ぐ、……っ！」

甘美な痛みに正気を失いかけ、鋼志郎はとっさにもう一方の手を噛んだ。加減が出来なかったせいで皮膚が破れ、血が滲み出る。

「鋼志郎様、……っ⁉」

「…すまん！」

はっとした濡羽の口から手を引っ込め、小袖のみぞおちに拳を叩き込む。そのまま素早く立ち上がり、鋼志郎は廊下へ飛び出した。

「駄目…、鋼志郎様、今夜…は…」

苦痛の滲む声に罪悪感を覚えるが、立ち止まるわけにはいかない。本能が警告している。今逃げなければ、ミアラキ様との対面の儀まで濡羽のもとに留められてしまうと——ミアラキ様とは絶対に逢ってはならないと。

ミアラキ様は島の守り神であり、あらゆる病苦を断ち切ってくれるありがたい神なのだという。古内もミアラキ様との対面を果たし、そのご利益にあずかったと濡羽は言っていた。

……だったら何故、古内は帰らない？

帰らないのは古内だけではない。十二年前に操環島を訪れたはずの江崎も消息不明のままだ。

……それほどありがたい神のおわす島ならば、何故那須野は俺を送り込んだ？

鋼志郎が極楽の島を知ってしまったことは、那須野にとって非常に都合が悪かったのだろう。だとすればわざわざ島へ送り込むよりその場で殺し、骸をどこかへ埋めてしまった方が手間はかからなかったはずだ。鋼志郎が那須野邸を訪れたことは、那須野以外誰も知らなかったのだから。

『…戻ってくることは出来んがね』

那須野は知っていたのだ。島を訪れ、遊客様遊客様とセキレイたちにもてなされた者が——

鋼志郎が戻って来られないことを。だったらきっと、古内も…。

「古内……」

湧き上がる嫌な予感を振り払いながら、鋼志郎は走り続ける。

セキレイたちに鉢合わせしたら実力行使しかないと覚悟していたが、廊下には誰の姿も無かった。話し声も、物音一つ聞こえてこない。…静かだ。不自然なくらいに。

やがて玄関を発見し、並んでいた草履を失敬する。

弁柄格子の戸をくぐったとたん、真夏にはそぐわない冷えた夜気に肌を撫でられ、鋼志郎はぶるりと震えた。

「何だ、この寒さは…」

極楽の島という響きから勝手に南の島を想像していたが、もしかしたら帝都よりずっと北に位置する島なのかもしれない。東北出身の古内は、帝都の夏の暑さを伝え聞いてうんざりしていた。

暑さ寒さには鍛錬で慣れているはずだが、浴衣の隙間からひたひたと押し寄せてくる空気は何かが異質だ。

まるで氷室の冷気を島じゅうにまき散らしたような…そのくせコオロギや鈴虫の鳴き声が夜風に混じるので、感覚が狂いそうになる。

見上げた夜空には半月よりも少しふっくらとした十日夜の月が輝いていた。雲が無いおかげで、灯りが無くても何とか歩けそうだ。

……満月まであと五日くらいか。

ミアラキ様との対面の儀も五日後。つまりあと五日で古内を探し出し、島を脱出しなければならない。

とにかく海岸線へ出て港を探し当てようと、鋼志郎は浴衣の裾をからげ、同じような弁柄格子の洒落た建物が並ぶ通りを走り抜ける。これらも全てセキレイが遊客をもてなすための妓楼なのだろうか。

だとすればかなりの数の遊客が訪れているはずだが、妓楼の戸はかたく閉ざされ、石畳が敷き詰められた通りには人っ子一人居ない。

夜だからか？　それとも…。

――オ、オオオ、オッ……。

首を傾げた時、低くよどんだ咆哮が空気を震わせた。鋼志郎の知る野犬や梟のそれとは違う、全てを呪うようなおどろおどろしい声は、波音のする方…海から聞こえてくる。

こんな島だから、未知の獣が生息していてもおかしくない。いったん退くべきかとも思ったが、鋼志郎は走り続けた。戻れば濡羽に捕まり、今度こそ満月まで留め置かれてしまうだろう。

……あいつはどうして、俺を……。

この身を貫かれた感覚を思い出すだけで胸がざわめく。遊客をもてなすのは慣れているだろうに、どうして鋼志郎にだけ熱い眼差しを向けるのか。あの美しい男のどこが忌み子なのか。

考えながら脚を動かすうちに建物の並ぶ居住区を抜け、松林に足を踏み入れた。潮風の塩害を防ぐため、植えられたものだろう。きっと海岸は近い。鋼志郎は速度を落とし、松の木に隠れながらこそこそと進む。

――オオオオオ、オオッ。

再び聞こえた咆哮はさっきよりも格段に大きく、禍々しさを増していた。

数十歩先、松の木の隙間から月光に照らされた砂浜が白く浮かんで見える。鋼志郎は手前の木の陰に隠れ、砂浜を覗き――溢れそうになった悲鳴をぎりぎりで噛み殺した。

……あれは……。

じゃぶ…、じゃぶ、じゃぶじゃぶ…。

夜闇に染まった波をかき分け、砂浜に這い出てくるのは獣ではなかった。二本の脚で歩き、二本の腕でもどかしげに宙を掻いている。

……あれは、人間……なのか?

自分と同じ人間だと思うことに、鋼志郎は猛烈な拒否感を抱いた。

月代に髷を結った男、ざんぎり頭の書生風の青年、総髪の羽織袴の老人…服装も年代もばらばらの彼らの顔色は遠目にも青黒く、ぼろぼろの衣服から覗く肌はぶよぶよで、生気のかけらも無い。くぼんだ眼窩の奥で両の眼がらんらんと輝いている。

——オオオ、オオ、オオッ。

二十人ほど砂浜に這い出ると、彼らは月に向かい雄叫(おたけ)びを上げた。悪意と憎悪(ぞうお)が凝(こ)り固まったようなそれは、聞くだけで耳が腐り落ちてしまいそうだ。

「…っ…?」

耳をふさごうとして、鋼志郎は木の陰から身を乗り出す。叫び続ける異形(いぎょう)の中に、懐かしい姿を見付けてしまって。

集団の真ん中あたりにじっと目を凝らす。…ああ、やはりそうだ。黒の詰襟(つめえり)を着たあのひょろりとした男は…。

「古内……!」

思わず飛び出したとたん、異形たちはひときわ大きく咆哮した。

——オオオオオオオオ……!

すくんでしまいそうになり、鋼志郎は腹の奥に力を入れる。普通の人間なら気絶しかねない状況だが、鋼志郎にとって問答無用で魂を刈り取っていく死神よりも恐ろしいモノは存在しない。

鋼志郎は足元に落ちていた枝を拾い、襲いかかってきた髷頭の男の胴を薙(な)いだ。確かな手ごたえと共に、男は後方へ吹き飛ばされる。

見える、そしてこの手が届く。ならば何も怖(おそ)れることは無い。

——オオオッ、オッ、オオッ!

仲間意識はあるのか、いきりたった異形たちが異様に鋭い犬歯を剝き出しにしながら押し寄せてくる。

鋼志郎はくり出される攻撃をひらりひらりとかわし、ただ一人立ち尽くしている古内のもとへ駆け寄った。ひどく顔色が悪く全身ぐしょ濡れだが、他の異形たちと違い制服にほころびは無く、肌もふやけてはいない。

「古内! 古内だろう?」

がしっと摑んだ肩は記憶よりも細く、制服のサージが海水を吸ったせいでひどく冷たく感じる。

だが間違い無い。うつろな目で鋼志郎を見下ろすのは、探していた友…古内義雄だ。やはり内地へ帰ってなどいなかったのだ。

「俺だ、中西鋼志郎だ。君の手紙を読んで、ずっと君を捜していたんだ」

古内が江崎の記事にたどり着き、出版社を訪れたのは、那須野の情報の裏付けを取りたかったからに違いない。

「俺をここへ連れて来たのは、君の後援者だった那須野だ。君も那須野にこの島の存在を教えられ、ここへ連れて来てもらったのだろう?」

冷静に分析する一方で、頭の芯はどんどん凍えていく。

古内は連絡船で帰ったと、濡羽は言っていた。それが偽りだと濡羽が知っていたかどうかは定かではないが、少なくとも前の対面の儀以降、古内がこの島に居ない者とされていたことは確かだ。

前の対面の儀は二十四日前。

二十四日もの間、よそ者の古内が誰の助けも借りず、どうやって生き延びていたのだ？

「なあ、古内……」

てのひらを濡らす海水の冷たさと、一言もしゃべらない古内から漂う濃厚な潮の匂いが神経を逆撫でする。

……そんなはずがない。そんな……。

「…ア、…ァ…」

嫌な想像を必死に打ち消していると、古内がぎしぎしと軋む口を開いた。正気を取り戻してくれたのか。

「ア、アアア、アアァァッ！」

安堵しかけた鋼志郎の首に、古内の手が絡み付く。氷のように冷たい指は必死にもがけばもがくほど食い込み、振り解けない。

……嘘、だろ…？

ぎらぎら光る古内の目を、信じられない思いで見詰める。

本の虫と揶揄されていた古内は、身長こそ鋼志郎より高いが、腕力や運動能力は皆無だった。剣術でも柔術でも鋼志郎に勝てたためしは無いのに、この怪力はいったい…。

――オォォオッ！

総髪の老人が細い腕で古内の頬を張る。こちらも怪力だったのか、古内はあっさり吹き飛ばされた。

助かった、と安心は出来ない。老人は海水の混じった唾液をしたたらせ、飢えた獣のように襲いかかってくる。

「……くっ…」

かろうじてかわせたが、窒息しかけたせいで身体がふらついてしまっている。異形たちに四方八方から殺到されれば、さすがの鋼志郎も逃げきれない。

――オッ、オッ、オオー！

引き倒された鋼志郎にのしかかってきたのは、最初に打ちのめしたはずの髷頭の男だった。潮臭いよだれを垂らし、ぱかんと開いた口には鮫のようなぎざぎざの歯が生えている。あれに噛み付かれたら、ただでは済まないだろう。

――オオ、オッ、オオ。

――オッ、オォォオッ、オオッ。

他の異形たちが髷頭の男を押しのけようとし、もつれ合っては醜い争いをくり広げる。奪い合われているのは鋼志郎だ。

あさましくも禍々しい光景。これのどこが極楽だ。地獄ではないか。

ぽた…、ぽた……。

吐き気を堪える鋼志郎の喉に、髷頭の男がよだれを落とす。

……これまで、なのか？

死ぬまでは精いっぱい生きると、亡き父に誓ったのに。事故でも病でも死神でもなく、こんな化け物に命を奪われてしまうのか？

オオオオオ――――ン！

ぎざぎざの歯が鋼志郎の喉笛を引き裂こうとした瞬間、猛々しい咆哮が響き渡った。異形どもとは違う、恐ろしいのに胸を鼓舞される勇壮な雄叫びだ。

引き寄せられるように夜空を見上げれば、十日夜の月に松の木から跳躍する巨大な獣の輪郭が重なった。

グオオオオオオオオッ！

砂浜に降り立った獣はぐるりと首を巡らせ、月に向かって吼える。すると松林から数頭の獣が駆け出し、異形たちに襲いかかっていった。

……強い！

鋼志郎は力の緩んだ髷頭の男を突き飛ばし、身構えながらも獣たちの戦いに見惚れてしまう。

見た目は犬、あるいは狼に似ている。だがつややかな被毛に覆われた体軀は犬にしては大きすぎるし、軽く砂浜を蹴るだけで軽々と鋼志郎の身長より高く跳び、異形どもを仕留める姿は、狼にしては強すぎる。

特に最初に降り立った獣の戦いぶりはすさまじかった。疾風の速さで立ち回り、うごめく異形どもを翻弄しながら鋭い牙と爪で倒していく。

他の獣たちより一回り以上大きく、唯一漆黒の毛並みをしているせいでひときわ目立っていた。首筋に布らしきものを巻いているが、人に飼われるほど従順な生き物とは思えない。

漆黒の獣は古内にも容赦無かった。鋼志郎が止める間も無く砂浜に引き倒し、喉笛に牙を突き立てる。

「…ふ、…古内！」

くずおれる古内にたまらず駆け寄り、鋼志郎は声を失った。獣の牙を受けた首筋には大きな穴が開いているのに、一滴の血も溢れてこない。

ひゅう、と喉の穴から空気が漏れた。

「……中西……、か……」

「古内！　…俺がわかるのか？」

古内は弱々しく首を上下させ、うつろな目を無念そうに細める。

「この島は…、……極楽などでは、なかった。お前は逃げろ……死を喰らう恐ろしい化け物に、捕まる前に……」

「死を喰らう化け物？　…古内、何があった？　お前はいったい何を見たんだ？」

「…逃げ…、……」

ごぼっ、と海水を吐き出したのを最後に古内は動かなくなった。

身体が勝手に動き、習い覚えた蘇生措置を行おうとする。黙って見詰めていた漆黒の獣が、ふいに鼻先を寄せてきた。

「――無駄だ。やめておけ」

鋭い牙が覗くあぎとが紡いだのは、低く魅惑的な男の声だった。跳びすさりそうになる鋼志郎の前で、月の光を浴びた獣はみるまに姿を変えていく。

漆黒の毛並みは無造作に切られたつややかな髪に。大地を蹴り、敵を引き裂いた四肢は日に焼けた逞しい手足に。被毛に覆われていた体軀は筋肉が隆起し、獰猛さすら感じさせる鋼の肉体に。狼に似た獣頭は、精悍だがどこか色悪めいたなまめかしさを漂わせる若い男の顔に。

獣から変貌を遂げた男はけだるげに息を吐き、首筋からすべり落ちた小袖を纏った。あの獣が巻いていたのは小袖だったようだ。

「それは不死だ。決して死なないし、殺せない」

漆黒の男が振り返った先で、他の獣たちも人間の男に姿を変えていき、倒れた異形どもを一か所に集め始めた。

ぴくりとも動かない彼らは、どこからか引いてこられた荷車に次々と乗せられていく。

「…彼らを、どうするんだ」

あまりに現実離れした光景と、漆黒の男から滲み出る強者の覇気にくらくらしつつも鋼志郎は気丈に尋ねる。

男は厚めの唇を面白そうに持ち上げた。

「海から還ってきた不死どもは、海に還すのが決まりだ。…しばらくすればまた懲りずに這い上がってくるだろうが」

不死。海に還す。

不穏すぎる言葉を信じたくなかったが、鋼志郎はどこかで納得していた。古内が決して死なない異形に変じてしまったのなら、鋼志郎に襲いかかってきたことも、血の一滴も流さなかったことも、全てに説明がつく。

官僚を目指し、勉学に励んでいた古内をそんな異形に貶めたのは。

……『死を喰らう恐ろしい化け物』、なのか?

「…濡羽の匂いがするな。お前、あいつの客か。これほど匂いが染み込んでるのなら、あの性悪にずいぶん気に入られたようだ」

男が鋼志郎の頭に鼻を寄せ、嫌そうに眉をひそめた。この男、濡羽を知っているのか。しかも匂いだけで当ててみせるなんて、嗅覚も獣並みだ。

「なのに、どうしてまともなままこんなところをうろついている？　月が太ってきた晩は、遊客を外に出さないようセキレイどもに厳命しているのに」

そういえば濡羽にも同じようなことを聞かれたと思い出す。

この男といい濡羽といい、濡羽とまぐわったらどうにかならない方がおかしいというのだろうか。確かに吉原の傾城も顔負けの美貌の主ではあるが…。

「…俺は進んでここに来たわけではない。友人を探していたら、那須野という男にここへさらわれてきたんだ」

「…友、だと？　もしやその不死か？」

ぴくりと眉を揺らし、男が古内を指差す。倒れた古内は目を開けたまま、胸も上下していない。死んだようにしか見えないのに、死なないとはどういう意味なのだろうか。

「そうだ。その古内義雄は、俺の学友だった」

「……」

「君は今、古内を不死だと言ったな。決して死なないし殺せないと。…教えてくれ。古内に何が起きたんだ？」

鋼志郎はひたと男と目を合わせた。たとえ敵か味方かもわからない、獣から人へ変化してみせる相手だとしても、真実を教えてくれそうなのはこの男しか居ない。

「お前は……」

男がかすかに驚愕を滲ませ、何か言いかけた時、松林の奥から異様な風体の老人が現れた。白いがまだ豊かな髪を古風な銀杏髷に結い、白の小袖と袴を身に着け、首には口元まで隠れる太さの襟巻を巻き、手先は長い袖に隠れている。

唯一さらされた細い目に射貫かれ、鋼志郎の背筋がざわめいた。小柄だが、この老人はきっと鋼志郎よりも強い。

「虎落様……！」

不死どもを荷車に乗せていた男たちが慌ててひざまずいた。平然としているのは漆黒の男だけだ。

「天満よ。何故遊客がここに居る？」

虎落がしわがれた声で男に問いかけた。漆黒の男…天満は鋼志郎の前に進み出ると、ひょいと肩をすくめる。

「こいつは濡羽の客のようです。夢見心地になり、さまよい出てしまったのでしょう」

「あの忌み子の…。ならば仕方無いが、不死どもを見られてしまったのなら満月の夜まで待ってはいられぬ。…処分せよ」

虎落が顎をしゃくると、ひざまずいていた男たちが殺気をまき散らしながら起き上がった。じりじり鋼志郎に接近してくる彼らに、意外にも天満が待ったをかける。

「こいつは俺の獲物だ。勝手な手出しは許さない」

「天満、どういうことだ?」

不機嫌そうな虎落に問われ、天満は唇を舐め上げた。獣めいた仕草はどきりとするほどなまめかしく、まるで似ていないのに濡羽を思い出してしまう。

「不死どもと戦ったばかりで興奮してるんだ。どうせ処分するのなら、その前にちょっと愉しませてもらってもいいでしょう?」

「ふ、……好きにしろ」

喉奥で嗤い、虎落は松林の奥へ去っていった。汗の染みた浴衣に夜風が吹き付け、鋼志郎は寒さに震える。

「行くぞ」

「あっ……」

天満に腕を引かれ、鋼志郎はとっさに踏ん張った。連れて行かれたら何をされるのかさすがにわかるし、古内を残してはいけない。

「……いいからおとなしく従っておけ。知りたいことがあれば、俺が後で教えてやる」

長身をかがめた天満が耳元で囁く。思いがけず真摯な声音に鋼志郎は頷き、天満と並んで歩き出した。

そっと振り返れば、冷たい夜風をものともしない男たちは古内も荷車に乗せ、海岸の小高いあたりに切り立つ崖へ向かっていくところだった。

天満が鋼志郎を連れ込んだのは、妓楼の並ぶ通りとは松林を挟んで反対側の区域に建つ一軒家だった。周囲にも同じような造りの家が何軒もあるが、ここが一番大きい。

暗い室内は静まり返り、人の気配も無かった。独り暮らしのようだ。

六畳ほどの茶の間の行灯に火が入れられ、鋼志郎は詰めていた息を吐いた。暗闇にもだいぶ慣れたが、やはり灯りがあるとほっとする。

「天満どの、俺は中西鋼志郎だ。帝都の高等学校に通っている」

正座して頭を下げると、行儀悪く胡座をかいた天満が目を瞠った。黒い瞳の奥に月の光にも似たきらめきを見付け、天満とは天満月…満月の異名が由来かもしれないとぼんやり思う。

「いきなり何だ。お前、自分の状況をわかっているのか？」

「そのつもりだが…天満どのは俺を助けてくれたのだろう？　それに、知りたいことを教えてくれるとも申された。ならば人として礼儀を尽くさなければならない」

当然のことを言っただけのはずだが、天満は苦虫を噛み潰したような顔になった。

「あー…、高等学校の生徒ってことはそれなりの良家の子息か。お前みたいなのが居るんだな…」

「中西家は士族だが、古いだけで良家というほどではないぞ」

「そういうことじゃ……ああ、いい。言っても無駄そうだ」

天満は小袖の胸元に手を突っ込み、ばりばりと掻いた。だらしなくはだけたそこから覗く胸板は同性でも惚れ惚れするほど逞しくなめらかで、獣の片鱗はどこにも留めていない。

「俺のことは天満と呼べ。あと、かしこまる必要も無い。そういうのは尻がむず痒くなるんでな」

「……わかった、天満」

「いい子だ」

素直に従うと、天満はにっと笑って片膝を立てた。そこに肘をつき、軽く身を乗り出す。

「で、鋼志郎。聞きたいことは山ほどあるだろうが、まずは俺が我らについて語ろう。それからお前が質問をする、というのはどうだ？」

「答えてくれるのなら問題無い。お願いす…、頼む」

天満は満足そうに頷き、しばし黙考した。襖から染み込んでくる虫の音がありがたい。完全な静寂では、どうしても変わり果てた友の姿を思い浮かべずにはいられなくなってしまうから。

「俺は——この島の民は人間ではない。狗神族…人と狗の姿を併せ持つ一族だ」

ジジ、と行灯の灯心が爆ぜ、天満はようやく口を開いた。身じろぎ一つしない鋼志郎を見詰め、面白そうに鼻を鳴らす。

「驚いていないようだな」

「いや、驚いてはいる。だが君が美しい獣の姿を取ったところは、この目で見たばかりだからな」

「……美しい？」

天満は怪訝そうな顔をするが、首を傾げるのはこちらの方だ。

「美しいだろう？　黒い毛並みが月光に映えて、月夜見の化身かと思ったぞ」

「…どうやら、本気で言っているようだな。濡羽の奴もこれで…」

何度もまばたきをくり返した後、天満ははあっと息を吐いた。頑是無い幼子を見るような目付きが解せない。

「月夜見ではさすがにないだろうが、狗神族は古代の獣神の血を引くと言われている。日の本ではもうとっくに忘れ去られた神だ」

だが神の血を受け継ぐ狗神族は細々と命脈をつなぎ、人間と交じって暮らしていた。戦乱続きの世の中には、狗神族にも活躍の場があったのだ。

狗神族は人の姿でさえ人間を凌駕する身体能力と、並外れた容姿、そして人の三倍以上の寿命を有する。その能力を用い、大名に雇われて忍びや暗殺者の仕事を請け負っていたらしい。

「…人の三倍の寿命？　君は俺とあまり変わらないように見えるが、いくつなんだ？」

「俺か？　ええと…たぶん七十八歳くらいだな」

指を折りながら告げられ、鋼志郎は絶句する。七十八歳なんて、人間ならとうに亡くなっていてもおかしくない。

……ということは、濡羽も？

濡羽の外見年齢は天満より少し下だが、やはりそれくらいなのだろうか。いや、歳だけではない。濡羽も島の民なら狗神族で、天満と同じく巨大な狗の姿を取れるのだ。きっとセキレイたちも。とても想像はつかないが…。

考え込む鋼志郎に、天満は説明を続ける。

「だが江戸に幕府が開かれ、泰平の世が訪れると、狗神族は居場所を失った」

人里離れた山奥に隠れ住む暮らしも限界を迎え、百年ほど前、狗神族は新天地を求め海原に漕ぎだした。そうして流れ着いたのがこの操環島だ。

幸い、島は豊かな自然に恵まれ、狩りが出来るだけの動物も生息していた。人間の姿は無い。狗神族には雌が存在せず、繁殖するには人間の女をさらってこなければならないのだが、狗神族の体力なら内地まで泳ぎ着くのも可能なのでそこも問題無さそうだ。

「…人間の女をさらってくる？」

穏やかならぬ情報に鋼志郎が眉を揺らすと、天満は苦笑した。

「無理やりってわけじゃない。ちゃんと相手の同意を得て連れて来るんだ。じゃないと長続きしないし、俺たちが雌に好まれる容姿と魅了の力を持って生まれるのは雌に選ばれるためだからな」

「魅了の力？」

「お前はすでに体験したはずだぞ。濡羽とまぐわっただろう？」

浴衣の胸元…そこに刻まれた愛撫の痕を指差され、鋼志郎は羞恥を覚えつつも納得する。その気など無かった自分があっさり陥落してしまったのは——あの甘い匂いこそが、狗神族に備わるという魅了の力だったのだと。

男の鋼志郎さえあのていたらくだったのだ。女ならころりと堕とされてしまうだろう。

「もっとも、俺たちは人間の三倍以上の寿命を持つ。繁殖の必要性もそれに応じて少なくなるから、そうひんぱんに女を連れて来るわけじゃないけどな」

「君は、細君は居ないのか？」

「居ない。今までも、これからも」

思いがけないほどの強さで断言されるのは意外だった。魅了の力など使わなくても、天満ならいくらでも女が寄ってきそうなのに。

それ以上の質問を避けるように、天満は鋼志郎から目を逸らした。

「……操環島は狗神族の新天地になるはずだった。だが島に人間が住んでいないのには理由があったんだ」

操環島には神が封じられていたのだ。人々に祝福をもたらす聖なる神ではない。人の『死』

を喰らう、呪われた神だ。

　死を喰らわれた者は理性も無く、何をされても死ねない不死（しなず）と呼ばれる存在に成り果て、永劫（えいごう）にさまようことになる。島に渡った狗神族も何人かが死を喰らわれてしまった。

　不死になった者はいかなる手段を用いても殺せず、最終的には海に沈めるしかない。だが救いを求める彼らは長い時間をかけて水底から這い上がり、襲いかかってくる。

　逃げ出そうにも、故郷を捨てた狗神族に逃げ場など無かった。いや、ある意味これは僥倖（ぎょうこう）だと言い出したのは一族の長（おさ）の虎落（もがり）だ。虎落とは代々の長に受け継がれる名だそうだから、鋼志郎が遭遇した虎落とはさすがに別人だろう。

　神は死を喰らわせさえすれば、島を守ってくれる守り神たりうる。ならば狗神族ではなく、外からやって来る者を喰らわせればいい。当時の虎落はそう主張し、一族も従った。

　神が死を喰らうのは決まって満月の夜。最初は地道に犠牲となる人間を内地からさらってきていたが、裏社会の人間と結び付いてからは一気に組織的になった。

　操環島は守り神によって『いかなる病苦（びょうく）からも解放される極楽の島』であるという噂を広めていったのだ。嘘は言っていない。不死になれば死病に侵（おか）されていようと死ねなくなるのだから。

　噂に引き寄せられた者の中でも係累（けいるい）に乏（とぼ）しく、消えても騒ぐ家族の居ない者を選び、必要な物資と共に操環島へ遊客として送る。それが裏社会の人間たちの役割だ。遊客たちからまきあげる手数料やセキレイたちの接待、島に自生する薬物の原料となる植物などと引き換えに。

遊客は狗神族でも特に美しい者たち…セキレイにもてなされ、この世の極楽を味わう。

だがそれは彼らを確実に島に留めるためだ。満月の夜になれば彼らは対面の儀と称して神のもとへ送られ、死を喰らわれ、不死と成り果てる。そして海に沈められるが、やはりしばらく経てば這い上がってきてしまう。

不死を海へ還す戦士と、遊客を誑し込むセキレイ。狗神族は自然と二つに分かれた。分かれる基準は単純だ。強い者が戦士に、弱い者がセキレイになる。

「…俺は戦士の長だ。月が太り始めると不死どもの動きも活発になるから、浜辺を巡回していた。そうしたら予想外のじゃじゃ馬と出くわした、というわけだ」

天満が長い説明を嘆息で締めくくる。

じゃじゃ馬扱いされても、鋼志郎は反論どころではなかった。…人の死を喰らう神。古内や江崎を極楽の島へ送り込んでいた那須野。変わり果てた友の姿。

出揃った情報が頭の中で組み上げられていく。この島に封じられ、遊客たちの死を喰らっていた神とは——。

「…ミアラキ様…、か」

苦しい息交じりの呟きに、天満は神妙に頷く。苦渋の滲んだ表情を見れば、喜んで遊客を生贄に捧げているわけではないことは察せられるけれど。

……何と…、何ということだ……。

目の奥がじわりと痛くなる。

海から這い出た不死どもの服装の年代はばらばらで、中には幕府が倒れる前とおぼしき者も交じっていた。…それだけの長い間、彼らはこの島と海をさまよい続けていたのだ。

新たな不死となった古内は…きっと江崎も、彼らと同じ運命をたどることになる。何と哀れで、無念な話だろう。古内に己の境遇を嘆くだけの理性が残されていないことは、救いなのか。

いや…、本当にそうなのか？

『お前は逃げろ……死を喰らう恐ろしい化け物に、捕まる前に……』

古内はさっき、最後の力を振り絞って鋼志郎に警告をくれた。理性を失った者にそんなことが可能だろうか。

「…おい、鋼志郎」

じっと鋼志郎を凝視していた天満が、近くに置かれていた手文庫から小さな帳面を取り出してみせる。

質の悪い古紙を紐で綴じたそれを受け取り、鋼志郎は目を瞠った。懐かしい筆跡が記されていたからだ。

「これは、古内の…⁉」

「やっぱりお前は読めるのか。俺たちにはちんぷんかんぷんだったんだが」

それは当然だろう。帳面に記されているのは独逸語だ。高等学校では教え込まれるが、島民に読める者は居まい。

だからこそ古内はわざわざ独逸語を用いたのだと、帳面をめくり始めてすぐ鋼志郎は理解する。

『某月某日、とうとう極楽の島にやって来た。下船した瞬間、あれほど酷かった息苦しさが楽になる。ここにおわすという神なら本当に私を助けてくれるのかもしれない。那須野さんに感謝を』

したためられていたのは、古内が島を訪れてからの手記だったのだ。呼吸が楽になったのは、ミアラキ様の力に違いない。慈悲ではなく、死を喰らう前に死なれては困るからだろうが。

最初こそ希望と喜びに満ちていた内容は、日を追うごとに暗雲がたちこめていく。

『某月某日、美しい少年に褥に引き込まれそうになった。もてなしだというが、私に男色の趣味は無い。逃げ出した浜辺で懐中時計を拾い、仰天した。時計の蓋には江崎と刻まれていたのだ。記者の江崎氏に違いない。出版社では十二年も前に消息を絶ったと聞いたが、氏はやはりここを訪れていた…？』

『某月某日、とうとう拒みきれず少年と閨を共にしてしまった。快楽と美食に耽る日々は、確かに極楽の名に相応しいかもしれぬ。俗世のことなど全て忘れてしまえばいいと少年は言う。だがどうしても消えないのだ。凶悪な獣のあぎとに身を投じてしまったような悪寒が…』

『某月某日、明日はいよいよ対面の儀だ。学徒として制服で挑むつもりである。…嫌な予感は消えるどころか、いや増すばかり。あんな形で中西に手紙を送ったのは那須野さんの目を盗むためだったが、今は後悔している。那須野さんは何か後ろ暗い目的があって、私を島へ送ったとしか思えないからだ。もしも中西が極楽の島について調べ始めたら、那須野さんはあいつにも手出しするかもしれない。すまない、中西。どうか俺のことなど忘れて生きてくれ。お前ならきっといい教師になれる』

……古内……っ…。

読み終えた手記が鋼志郎の震える手の中でくしゃくしゃとひしゃげる。最後の日の翌日、古内の身に何が起きたのか。もはや考えるまでもない。

「…それは、あの古内とかいう男の部屋で見付かったんだ。遊客の遺物は処分するのが決まりだが、妙に気にかかったんでこっそり取っておいた」

「そう、だったのか…」

ただの気まぐれだったのだとしても、鋼志郎は何かの巡り合わせを感じずにはいられなかった。古内が独逸語を使ったおかげで手記は島民の誰にも解読されなかった上、回り回って鋼志郎に届いたのだから。

鋼志郎は乱れかけた呼吸を整え、天満に質問する。

「不死を元に戻してやることは出来ないのか?」

「出来ない」

天満は即答し、唇をゆがめる。

「考えもせずに言うな、って顔だな。根拠ならあるぞ。何せ物心ついて以来、俺はずっと実験し続けてきたんだから」

「…どのような実験だ？」

「不死どもと進んで戦い、ありとあらゆる手段でぶち殺してやったのさ。だが結果はいつだって同じ。細切れにしても煮ても焼いてもばらばらにして四方八方に埋めても、時間はかかるが、不死は元通りになって再び人を襲うようになる」

さらりと明かされた実験内容を想像してしまい、えずきそうになるのを鋼志郎はどうにか耐えた。

「狗神族の戦士は、皆そのような実験をしているのか？」

「まさか。こんな真似をしてるのは俺くらいだろうよ。不死は海に還すしかないモノだって、虎落様含め、他の奴らは思い込んじまってるからな」

天満は不遜に笑った。虎落は戦士たちに畏怖されていたが、この強く美しい男はそうではないようだ。

「虎落様とは君たち一族の長だろう。長が海に還せば良しとしているものを、何故君は実験をくり返した？」

「……お前は……」

「俺を助けてくれたのは、虎落様の…いや、一族のやり方に嫌気が差しているからではないのか？」

鋼志郎は必死に言い募る。戦士の長である天満を味方に付けられれば…それが無理でも協力者に出来れば、もしかしたら古内を…。

「お前…、古内を元に戻してやれるとでも思っているのか？　そのために俺を利用しようとでも？」

ぎくりとする鋼志郎に、天満が手を伸ばす。

決して速い動きではなかったのに、避けられなかった。底光りする双眸にまっすぐ射竦められたせいで。

「無理だと言っただろう。不死はどんな手段を用いても絶対に元には戻せない。…ああ、だが」

長く節ばった指に顎を掬い上げられ、ずいと顔を近付けられた。

唇から覗く犬歯に狗のそれが重なり、心臓が早鐘を打つ。天満がその気になれば、鋼志郎などひと噛みで殺されてしまうだろう。

「完全に死なせてやることは出来るぞ。簡単だ。お前があいつに殺されてやればいい」

「う…、…っ…」

「そうすればあいつは死を取り戻し、あの世に旅立てる。…代わりにお前が不死となり、さまようことになるがな」

死ねぬまま放浪を続ける、あるいは友を犠牲にしてあの世へ逝く。

古内にとっても鋼志郎にとっても絶望的な選択肢しか存在しないのか。このまま深い闇に呑まれるしかない…？

「違う……！」

顎から首筋をたどった指がお守りの組紐を引いた瞬間、ぱしん、と鋼志郎は天満の手をはねのけた。はっと見開かれた双眸に、怒りに燃える自分が映っている。

「――それ以外にもあるはずだ。古内を救う方法は」

元々、労咳を患っていた古内だ。不死から元の人間に戻れたところで、その場で亡くなるだけだろう。

けれどそれが人間としてあるべき姿なら、そうしてやりたい。死を求め永遠に人を襲い続けるなど、あまりに哀れだ。

「…何度言えばわかる。不死を救うなんて不可能だ。俺は…」

「不可能など無い」

じり、と鋼志郎は天満ににじり寄る。

「不可能とは人の心が生み出すまやかし、あるいは言い訳だ。己の努力が足りぬことをごまかすための、な」

「俺の努力が足りなかったとでも？」

「そうではない。だが君は不死と対話を試みたことはあるか？」

天満は苦々しげに唇を引き結ぶ。考えたことも無いのだろう。

「古内は理性を失ってしまったようだったが、最後には忠告を残してくれた。君も見ただろう？　あの時の古内は確かに俺の知る古内だった。不死にも言葉は届くのだ。ならばもっと対話を続ければ…」

元に戻す、もしくは正しく死なせてやれる方法が見付かるかもしれない。

そう続けようとして、鋼志郎は言葉を切った。天満の双眸が不穏な気配を纏い、ゆっくり眇められていったからだ。

……怒らせたか？

「お前、何者だ？」

鋼志郎は身構えたが、鋭い犬歯の覗く唇が紡いだのは予想外の問いだった。

「お前は異常だ。不死どもに自我を取り戻させたことも、濡羽と…あの忌み子とまぐわって魅了されずにいることも、この俺に平然と口答え出来ることも」

「魅了されたから、まぐわったんだと思うが…」

「狗神族の魅了はそんな生やさしいものじゃない。特にあいつはな。魅了されたが最後、相手しか考えられなくなり、相手の望みには何でも従うようになる」

『…その、私の願いなら何でも叶えたいとか、常に私に触れていたいとか、いつでもまぐわいたいとか…』

濡羽の言葉をようやく正確に理解し、鋼志郎はぞっとする。生き人形にされるところだったのか。

「…だが俺は、俺のままだ」

「それがおかしいと言っている。今だってそうだ。不死どもと渡り合った挙句、俺を恐れもせず堂々と意見してくる遊客なんて、一人も居なかった」

そう言われても、鋼志郎はごく普通の学徒だ。異常な要素といえばあの影…死神しか思い付かない。

けれど見えなくなってしまった死神が、今の状況に関わっているのか?

「わからない……」

苦しげに吐き出したのは、鋼志郎ではなかった。

「わからないことだらけだ。お前は…俺はどうして…」

天満がてのひらに顔を埋め、ぼそぼそ呟いている。

発散される剣呑な空気に嫌な予感を覚え、鋼志郎は少しずつ後ずさっていく。だがその手が襖を摑む前に、頭上に大きな影が差した。

ひくっと震える喉に、音も無く着地した天満が唇を寄せる。

「…わからないのなら、わかるようにするまでだ」

体重をかけながら畳に押し倒され、鋼志郎はおののいた。座ったまま天井すれすれまで跳躍し、鋼志郎に襲いかかるなんて人間業ではない。

「逃がさない」

黒い双眸の底で狂おしい光がぎらぎらと躍っている。

……そうだった。この男は人間ではない。狗神族の戦士だ。

「その身に思い知らせてやる。お前は俺の獲物だってな」

手始めとばかりに、鋭い犬歯が鋼志郎の喉に突き立てられた。


「ぐ…、あっ……」

ぶつり、と薄い肉を食い破られる鋭い痛みが、異様な風体の老人を否応無しに思い出させる。

『処分せよ』

そうだ、天満だって狗神族の一人だ。鋼志郎に様々な情報をくれたのは、どうせ殺してしまうから…冥途の土産のつもりだったのかもしれない。

……こんなところで、殺されてたまるものか！

鋼志郎は曲げた膝を天満の股間に叩き込もうとする。どうやっても鍛えられない男の急所は、狗神族だって同じはずだ。

「…もう、これを欲しがるなんてな」

だが天満は鋼志郎の首筋に喰らい付いたまま膝頭を片手で受け止め、ぐいと開かせた。下帯を着ける間の無かったそこに、熱く猛ったものが押し付けられる。

「…な…っ、何を…」

「さすがあの忌み子に仕込まれただけのことはある。これが善くて善くてたまらなくなっちまったんだろ？」

血の滲んだ首筋を舐め、天満はもう一方の手を鋼志郎の尻のあわいに潜り込ませる。いやらしく拡げられた蕾は、沈められる指を何の抵抗もせず受け容れていった。

「…やわらかいな」

「あ、あっ…、やめろ…、動かすな…」

「俺が動かしてるんじゃない。お前が喰い付いて離さないんだ」

くっと笑い、天満は媚肉をゆっくりなぞり上げる。

濡羽によって快楽を教え込まれたそこは鋼志郎の意志に反し、長く節ばった指を歓喜にざわめきながら迎え入れた。

気色悪さと紙一重の快楽が男の矜持を侵食していく。天満の両腕を掴み、あらん限りの力で引き剝がそうとしているのに、びくともしないなんて。

「あ、……んっ！」

濡羽に教えられた情けどころを抉られたとたん、甘い声が溢れてしまった時には泣きたくなった。互いのまつげが触れ合うほど近くに寄せられた天満の顔は、愉悦にゆがんでいる。

「…殺すなら、ひと思いに殺せ」

鋼志郎が憎々しげに睨むと、天満は首を傾げる。

「何を言っている？」

「辱めを与えてから殺そうというのだろう。それくらいなら、ひと思いに…」

殺せ、とせがむことは出来なかった。天満が尻に埋めた指を引き抜き、にいっと口を吊り上げたせいで。

「下手な芝居はやめておくんだな。殺される気など毛頭無いくせに」

「…っ…」

「少しでも俺の隙を誘い、逃げ延びようとしているな。…いい加減諦めろ。俺に敵わないことは、もうわかっているだろう？」

きつく摑んでいたつもりの手を腕の一振りで解き、天満は鋼志郎の縮こまった肉茎を握り込む。

急所を捕らえられ、彼我の力の差を思い知らされる。獣神の血を引き、戦士の長でもあるというこの男に、人間は敵わないのかもしれない。

でも。

「……それは、諦める理由にはならない」

「何…」

「俺は諦めない。死神に魂を刈られるその瞬間まで、絶対に」

ひくりと上下する天満の喉に、鋼志郎は迷わず噛み付いた。

完全に予想外の行動だったのだろう。肉茎を握る手が緩んだ。鋼志郎は畳に背中をすべらせるようにして天満の下から抜け出す。

「……っ！」

立ち上がりかけたところで足首を掴まれる。すさまじい力で引かれ、均衡を崩して顔面から畳に叩き付けられた。

ぐわんぐわんと頭が揺れる。鼻の奥に鉄錆臭い味が広がった。鼻血が出てしまったようだ。投げ出された下肢が持ち上げられ、浴衣をまくられる。さらけ出された尻のあわいに熱いものがあてがわれても、鋼志郎は動けない。

「……くくっ」

天満は低く笑い、暴虐を拒もうとする蕾に切っ先をぐりぐりとなすり付けた。拓かれ散らされる快楽を教えられてしまった蕾はたやすくほころび、熱杭を受け容れる。

「……ぐ、ああ、あっ……」

慣らされもしないそこへねじ込まれるそれは、まるで極太の肉槍だ。道を閉ざそうとする媚肉を圧倒的な質量と熱で屈服させ、ずぶずぶと進んでいく。

下肢を真っ二つに割られる痛みと、血の味が混ざり合って頭がぐらぐらした。濡羽はかなり鋼志郎を思い遣りながらまぐわってくれたのだと、今さら理解する。

「あ、……っ！」

情けどころを切っ先がかすめ、痛みに硬直していた身体がほんの少しだけ緩んだ。鋼志郎は慌てて唇を噛むが、天満が見逃してくれるわけがない。

「ああ、……ここか」

にっと笑う気配がして、萎えた肉茎を握り込まれた。大きく引いた腰を、天満は情けどころに狙いを定めながら突き入れていく。

「…、…うっ、ん……」

「我慢するな。思い切り鳴け」

執拗に情けどころを抉っては、最奥をずんずんと突く。さすが獣だ。弱い部分を的確に攻めてくる。

「う、…ぅ…、ううっ…」

屈しそうになる心を、下敷きにしたお守りの感触が押しとどめる。

……諦めるな。

犯され這いつくばらされても、命を取られたわけではない。まだいくらでも生き延びる可能性は残されている。鋼志郎が諦めない限り。

「……強情な」

舌打ちの音と共に、身体が持ち上げられ、胡座した天満の膝に向かい合う格好で乗せられる。

「あ、あぁぁぁっ……！」

ずちゅんっ、と真下から一気に最奥まで貫かれ、全身が快楽の炎に包まれる。見開いた瞳からこぼれ落ちていく涙を、熱い唇が受け止めた。

「やっと鳴いたな……いい子だ」

底光りする瞳が間近から鋼志郎を見詰めている。

背中に回された腕が筋肉の隆起する胸と鋼志郎のそれを密着させた。

「…ふ…ぁ、あ、あ…」

「いい子だ…、俺の思い通りになるお前は、本当に…」

天満は鋼志郎の鼻の周りに何度もざらついた舌を這わせ、付着した血を舐め取っていく。

慈しみさえ感じさせる仕草は仔を可愛がる獣のようだが、獰猛な肉槍は鋼志郎の軋む蕾を容赦無く散らし、媚肉をかき混ぜこねくり回している。

「あ……っ、や、あぁ、あ、あっ」

「鋼志郎……」

眇められた黒い双眸に狂おしい光を見付け、鋼志郎はとまどう。天満は本当に自分を殺す気があるのだろうか。この眼差しは、濡羽と同じ…。

「はぁっ…、ああ、あ、あぁ…!」

しつこく最奥を攻めていた切っ先が、ぐぽんっとさらにその奥へ嵌まり込んだ。入ってはいけない場所を犯される恐怖に鋼志郎は震える背中をしならせ、脚をばたつかせる。

「あの忌み子は、ここまで入ったか?」

鋼志郎の抵抗などものともせず腰を使い、天満は耳朶をしゃぶる。

答えたくなかったが、耳朶に歯を立てられながら奥の奥を抉られ、鋼志郎は反射的に首を振った。すると腹の中の肉槍がどくんと脈打ち、限界まで拡げられた媚肉をさらに圧迫する。

「そうか。…ここに入るのは、俺が初めてか」

「…天、満?」

「く、…くくっ、ふふ、ははは、っ……」

天満は獰猛な笑みを浮かべ、巨軀を愉悦に震わせる。つながった下肢からも振動が伝わってきて、鋼志郎は身をよじるが、太く逞しい腕にがっちり抱え込まれ動けなくなってしまった。まるで身体全体が揺れているようだ。

「全部、俺でいっぱいにしてやる」

背中から尻、そして太いものを銜え込まされた蕾をなぞり、天満は鋼志郎を真下から大きく突き上げる。

「うあぁっ……」

肉の隘路（あいろ）を無理やりこじ開けられ、鋼志郎は目の前の分厚い胸板に縋る。筋肉の畝（うね）の奥の心臓が大きく跳ねた。

ぐるる、と獣が喉を鳴らすような音が聞こえる。見上げた天満の喉には、紅い歯型がくっきりと刻まれていた。鋼志郎がつけた痕だ。

鋼志郎はそっと唇を寄せ、血の滲む噛み痕を舐めた。…何故そんなことをしたのかはわからない。欠点の無い肉体に刻まれた傷が、ことさら痛々しく見えたのかもしれない。

つかの間、天満は激しく突き上げていた腰を止め、鋼志郎の喉に舌を這わせた。天満がつけた噛み痕がじくりと痛み、情けどころを抉られる快楽と混ざり合う。

「お揃いだな」

幼子（おさなご）のように無邪気な笑みに、心臓が高鳴った。

『…よし、そうだ。上手だぞ、鋼志郎（こうしろう）』

幼い鋼志郎が墨だらけになって書き上げた書を、父が満面の笑顔で誉めてくれる。手習いを始めたばかりの子どもの字は、お世辞にも上手くはないのだが、大きな手で頭を撫でられると三国一の書家になれた気がしたものだ。

『いいぞ鋼志郎、もっと踏み込んで打て！』

父は剣術も教えてくれた。いくら士族でも三歳は竹刀を握るには早すぎる年齢だが、指南には一切の容赦が無かった。

今にして思えば、死神によって己の死期を悟った父は、生きていられるうちに持てる限りのものを息子に与えてやろうとしたのだろう。

たとえ一人ぼっちになっても逞しく生き抜けるように。習得した知識や技術は、誰にも奪えないのだから。

高等学校に進学し、難関の大学を目指したのは、いずれ自分も父のように誰かを導ける存在になりたかったからだ。それまで死神が待ってくれればの話だが…。

「ん……」

頬を温かいものが這い、鋼志郎はぶるりと身を震わせる。

父の手はこんな感触だっただろうか。何だか濡れているし、撫でられるたびふわふわとした何かが頬をかすめてくすぐったい。

ふわふわと言えば、鋼志郎の全身を包み込むものもそうだ。

ふわふわで温かく、ほんのり太陽の匂いがして、一生包まれていたくなるほど心地よい。昨今、高貴な女性の間でもてはやされているという舶来の貂や銀狐の毛皮も、このふわふわには遠く及ばないだろう。

「……父上……」

もぞもぞと寝返りを打ち、より深くふわふわに身を埋める。また頬を温かいものが這い、弱ったような、それでいて嬉しいような声が漏れてきた。

「可愛い顔しやがって…」

低く官能的な声は父のものではない。さすがに違和感を覚え、重たいまぶたを開ければ、獰猛なのにどこか気品を滲ませる獣の顔が間近にあった。

「……、……天満、か？」

「何だ、起きちまったのか。もっと寝てりゃあ良かったのに」

牙がずらりと並んだあぎとが紡ぐのは、間違い無く天満の声だ。鋼志郎は狗の姿になり、横たわった天満の腹に仔犬さながら抱え込まれている。…お守り以外、何一つ身に着けない姿で。

「な、何故、こんな…」

どうやら昨夜と同じ茶の間のようだが、鋼志郎が着ていたはずの浴衣はどこにも落ちていない。うろたえる鋼志郎に、天満はくっくっと喉を鳴らす。

「お前が寒い寒いって言うから、温めてやってたんじゃないか。…腹の中は念入りに熱くして

おいてやったんだがなあ」

「……！」

人間の時と変わらない月光のきらめきを宿した双眸が細められ、一生忘れておきたかった記憶が溢れ出す。つながったまま何度も体勢を変えられ、執拗に孕みどころを抉られ、腹に大量の精を放たれた記憶…。

覚えているのは三度目の精を腹に受け、腹上死という言葉が頭にちらついたところまでだ。それからもさんざんもてあそばれたはずの身体はさっぱりとしている。清めてくれたのは天満以外ありえないのだが、この男が甲斐甲斐しく誰かの世話を焼くところなど想像出来ない。

「…何故、殺さなかった」

羞恥を堪えながら問えば、天満はきょとりと首を傾げる。凶悪な牙を覗かせているくせに、奇妙に可愛らしい。

「お前まさか、まだ俺がお前を殺すつもりで連れて来たと思っているのか？」

「愉しんでから処分すると、君が虎落様に言ったのだろう？　俺に情報を与えてくれたのも、冥途の土産か何かだと…」

鋼志郎がしゃべればしゃべるほど、獣の顔は残念そうにゆがんでいく。はあ、と嘆息し、天満は剝き出しの鋼志郎の腹を舐めた。

「お前、頭はいいのに残念な朴念仁だと言われないか？」

「どうしてわかったんだ？」

頬を染めながら『貴方を見ていると胸が痛いのです』と告げてきた女学生を病院に連れて行こうとしたり、手紙を押し付けようとした少女を郵便局へ案内する鋼志郎を見て、学友たちは残念だ残念だと溜息を吐いたものだ。まさかこんなところでも言われるとは思わなかった。

「見ていれば嫌でもわかるさ。…ともかく、俺はお前を殺すつもりは無い。処分すると言ったのは方便だ。ああでもしなきゃ、お前はあの場で殺されていた」

「…だが、俺を処分しなければ君が咎めを受けるんだろう？」

虎落や彼を畏怖する戦士たちが、ミアラキ様の正体を知ってしまった鋼志郎の生存を許すとは思えない。かくまったと知られれば、別格扱いの天満でも厳しい処罰を受けるはずだ。

「ばれれば、な。要はばれなければいいだけの話だ」

「何だって…？」

「俺はお前を死なせたくないし、不死にもしたくない。…だから、ここで飼うことにした。俺の縄張りに許可無く踏み込んでくる馬鹿は居ないから、お前が生きていることは誰にもわからない」

牙を剝き出しにした、悪辣な笑みに寒気が走った。鋼志郎をここで飼うだって？

……冗談ではない！

あの死神が自分を諦めたわけがない。近いうちに必ず魂を刈りにくる。その前に古内を救わなければならないのだ。

「おっと…、逃がすものかよ」

立ち上がりざま駆け出そうとした鋼志郎の足が引っ張られた。強い既視感に襲われる。昨夜犯される前も、こんなふうに引き倒されて――。

「言っただろう？　お前は俺に飼われるんだ」

顔面から畳に叩き付けられる前に、長い腕が鋼志郎を抱きとめた。人間の姿に戻った天満がうなじを強く吸い上げる。

「うあっ…」

「絶対にこの家から出るな。満月が近いせいで不死どもの動きが活発になり、戦士たちが念入りに巡回している。見付かったら殺されるぞ」

ここに居る限り不自由は無い。何から何まで面倒を見てやると天満は言うが、それでは本当に飼育されているのと同じだ。受け容れられるものかと抗議する前に、鋼志郎は悪さをした子どものように抱え上げられる。

「何をする！　放せっ…」

「俺もこんな真似はしたくないんだが、お前を死なせないためだから仕方が無いな」

口調こそ殊勝だが、絶対に嘘だ。だって襖を蹴り開け、次の間に敷かれていた布団に鋼志郎を押し倒す天満は、獲物を見付けた獣のような笑みを浮かべているのだから。

「逃げる気力なんて残らないくらい、鳴かせてやるよ」

首筋に噛み付かれざま、脚を大きく開かされ、まだやわらかい蕾に怒張した肉槍を突き入れられる。

「嫌だ…、…あ、……あぁっ…!?」

抵抗はことごとくねじ伏せられ、快楽の波に呑み込まれ、ふと目覚めれば獣に抱かれている。そんなことを何度もくり返すうちに、この家から出ようという気は失せていた。

諦めたのではない。天満も戦士の長なので巡回のため留守にすることがあるのだが、脱出防止のため柱にくくり付けられている間に厠へ行きたくなり、危うく人間の尊厳が損なわれそうになってしまったのだ。

どうにか縄を解き、外へ出られそうになったことも一度だけあった。

だが巡回中の戦士たちに見付かりそうになり、隠れたら不死の集団に囲まれてしまい、身動きが取れなくなったところで天満に助けられ何とかことなきを得たのだ。もちろん、その後はくたくたになるまで犯された。

この島は狗神族の領域だ。しかも満月の夜…ミアラキ様の対面の儀が近い。一人での探索は無謀すぎる。

事実を受け止めた鋼志郎が決して外には出ないと誓うと、天満は留守中でも自由にさせてくれるようになった。食事は意外にも料理が得意な天満が用意してくれるので、上げ膳据え膳の状態だ。

「…何故、ここまでしてくれるのだ?」

数日後の夜、鋼志郎は獣の極上の毛並みに包まれていた。

してもらうばかりなのは落ち着かない。出来ることは無いかと尋ねたら、島の外の話をして欲しいと頼まれ、高等学校での出来事を語っていたところだ。何の変哲も無い学生生活だが、島しか知らない天満には興味深かったらしく、面白そうに相槌を打ちながら聞いてくれた。

「何故って、当たり前だろう。俺はお前を飼ってるんだから」

「だが、君はかなり危ない橋を渡っている。見返りが俺では、割に合わないのではないか?」

ふんっ、と天満は鼻を鳴らした。

「さすが残念朴念仁だな。自分の価値がまるでわかっちゃいない」

「…己の分くらいわきまえているつもりだが」

「そういう意味じゃない。お前は本気で古内とかいう男を…不死を救おうとしているだろう?」

呆れ半分だった黒い瞳に真摯な光が宿る。数日共に過ごした今は、この男が若々しく獰猛な見た目とは裏腹な知性の主であることを知っている。

「そんな奴は初めて見た。この俺相手に最後まで退こうとしない奴もな」

「君だって、実験をしていただろうに」

「そうだな。だが結局わかったのは不死が何をやっても死なないってことだけだった。それからはあいつらを海に還し続けていたんだから、何もしなかったも同然だ」

長くふさふさの尻尾が揺れ、鋼志郎の上に乗せられる。犬は尻尾に触れられるのを嫌がるそうだが、そっと抱き付いていても天満は怒らない。

かすかな虫の音だけが染み入る静かな部屋。真夏にそぐわぬ冷たい空気からはふわふわの毛皮が守ってくれる。

帝都の実家と同じくらい穏やかな空間に身を浸していると、ここが死を喰らう恐ろしい神の島だという事実を忘れてしまいそうになる。この家には窓が無いから確認出来ないが、島に連れて来られてから数日が経った今、いつ満月の夜になってもおかしくないのに。

……天満が伴侶を迎えないのは、一族の在り方に疑問を抱いているからかもしれないな。

天満は狗神族の代わりに遊客を島へおびき寄せ、ミアラキ様に捧げる虎落の方針に賛同してはいない。けれど他にこの島で生きていくすべを提示することも出来ず、忸怩たる思いを抱えている。

……あいつは、どうなんだろう。

濡羽の寂しげな面影が思い浮かぶ。

理由はわからないが忌み子と蔑まれ、セキレイとして数多の遊客の相手を務めてきたあの美しい男は、ミアラキ様に翻弄され続ける一族をどう思っているのか。…騙し討ちをして逃げた鋼志郎に、怒りを抱いてはいないだろうか。

ドンッ……。

縁側の方から何かを叩き付けるような音が聞こえ、鋼志郎は跳ね起きた。島には鹿や猪などの動物も棲息しているそうだが、狗神族の住まいには近付かないはずだ。

まさか……不死？

「――待て」

様子を窺いに行こうとしたら浴衣の裾を咥えられ、引っ張られた。のっそり起き上がった天満が前脚で器用に襖を開ける。迷いの無い動きは、これから何が起きるのか予想しているかのようだ。

ドン…、ドンッ。

鋼志郎の存在を隠すため、閉ざされた鎧戸がみしみしとたわんでいる。

背中を冷や汗が伝い落ちた。…外から鎧戸を叩いているのは不死ではない。もっと強く、もっと恐ろしいモノだ。

「下がれ、鋼志郎！」

漆黒の毛並みを逆立てながら天満が叫ぶのと、鎧戸が粉砕されるのはほとんど同時だった。

……満月！

星の無い闇夜に皓々と輝く丸い月。

不吉なまでにまばゆい月光を受け、神々しい純白の毛並みをなびかせた獣が躍り込んでくる。

「……鋼志郎様！」

ぐるりと首を巡らせた獣は鋼志郎を見付け、覚えのある声を弾ませた。

そのあぎとから落ちた布切れにも覚えがある。妓楼で目覚めた時に着せられていた麻の浴衣だ。

「その声…、…濡羽か？」

「はい、…はい、鋼志郎様。やはり生きていらしたのですね…」

青みがかった瞳から大粒の涙がぽろぽろとこぼれた。よく見れば、首筋のあたりにひとふさだけ黒い毛並みが混じっている。

巨軀を擦り寄せようとした純白の獣の前に、天満がずいと立ちはだかった。牙を剝き出しにしたあぎとから、ぐるると唸り声を上げる。

「気安く俺のものに触るな。くそ汚らわしい忌み子の分際で」

「…他人のことが言えるのですか？　鋼志郎様を処分したと偽り、かくまっていた裏切り者が」

漆黒と純白、対照的な二頭が睨み合う。純白…濡羽は天満よりややほっそりしているが、牙や爪の鋭さも、まき散らす殺気と威圧感も負けてはいない。

「皆は貴方の言い分をあっさり受け容れましたが、私だけは信じなかった。鋼志郎様が私を置いて逝かれるわけがない」

「…だからこいつの匂いをたどり、ここまで追いかけてきたってわけか」

天満は麻の浴衣を一瞥し、ふんと鼻先で笑った。

「忌み子のくせに鼻が利くな。いや、忌み子だからか？　男の匂いを嗅ぎ分けるのが得意なのは」

「……、やめろ。鋼志郎様の前で、それ以上は…」

「忌み子が、いつから戦士の俺に命令出来る身分になった？」

嘲笑混じりの口調は天満らしくもない。乱暴だが面倒見のいい天満にまでこんな態度を取らせるなんて、忌み子とはいったい…。

「鋼志郎も気になっているようだぞ。教えてやったらどうだ？」

天満が鋼志郎をあぎとでしゃくる。

「……やめろ……」

「お前は不死から生まれた、呪われた存在だってな」

「……やめろぉぉぉぉっ！」

濡羽は絶叫し、巨軀からは想像も出来ない素早さで天満に襲いかかった。鋼志郎ならなすすべもなく引き裂かれただろう一撃を紙一重でかわし、天満は濡羽の脇腹に体当たりする。どうっと倒れた濡羽に乗り上がり、漆黒の獣は純白の毛並みを踏みにじった。

「…不死から…、生まれた？　馬鹿な、ありえない…」

鋼志郎は呆然と首を振った。理性を失った不死に子を作る意志も能力もあるとは思えない。

「そう、ありえない話だ。奴らは死を喰らわれた時点で生殖能力を失う。不死になる前に孕んでいたとしても、流産してしまうからな」

だが天満がまだ幼い子どもだった頃、それまでの常識をくつがえす事件が起きたのだという。狗神族の伴侶となって子を授かり、臨月だった女性が不死になってしまった。伴侶の女性はミアラキ様に捧げられないのだが、新月の時期にもかかわらず出現した不死に襲われ、死を奪われたのだ。

襲った不死は完全な死を迎え、新たな不死になった女性の赤子は流れてしまうはずだった。しかし赤子は母親の腹を食い破り、へその緒を引きずりながら生まれてきたのだ。

「そいつが濡羽だ」

「……、ぐ、ぐううっ……」

濡羽が天満の下で悔しげにうめいた。鋼志郎と目が合うと、悲しそうにまぶたを閉ざしてしまう。

「今でも覚えている。不死から生まれた忌み子は殺すべきだと、大人たちは殺気立っていた。…だが虎落様は忌み子を生かすと決めた。そいつは一族の誰よりも強い魅了の力を持ち、いずれは傾城級の美貌に育つと見抜いたからだ」

そこから濡羽がどう育ったのかは、鋼志郎にもたやすく想像がついた。

仲間たちから忌避され、独りぼっちでどうにか成長したと思ったら、セキレイとして遊客の相手を強要されたのだ。天満にも匹敵する戦士の能力を有していたにもかかわらず。だから少年期を過ぎてもセキレイの務めを押し付けられていたのだろう。

鋼志郎は震える手で左胸を押さえた。心臓がばくばくと脈打っている。

「なんてことだ……なんて……」

「そう、そいつは自ら不死の腹を裂いて生まれた、おぞましい…」

「なんて…、…すごいんだ…！」

心の底から感嘆した瞬間、自信満々だった天満は…今にも消え入りそうだった濡羽さえ、鳩が豆鉄砲を食ったような顔になった。

「…すごいって、何が？」

先に立ち直った天満がおずおずと尋ねる。巨大な獣が、まるで怖い大型犬に遭遇してしまった小型犬のようだ。

「天満が言ったのだろう？　母親が不死になったらその時点で流産してしまうのが普通だと」

「あ、ああ…、それは言ったが…」

「濡羽は普通なら死んでしまうはずの定めを自分の力でくつがえし、生き延びたんだぞ。すごいとしか言いようが無いだろう？」

父を亡くしてすぐ死神に取り憑かれ、常に死を意識していた鋼志郎だからこそその執念には感動せずにはいられない。濡羽の置かれた環境の理不尽さは、とうてい納得出来るものではないけれど。

「ふ…、……ふふっ」

噴き出した濡羽の身体が、みるみる人間のそれに変化していく。

こんな時さえ見入らずにはいられない裸身を恥ずかしげもなくさらし、獣の時さえ敵わなかった天満の太い前脚を片手で振り解くと、濡羽は鋼志郎の前にひざまずいた。

「鋼志郎様、貴方に惚れました。どうか私を貴方だけのものにして下さい」

「えっ…」

「ふざけるなよ、貴様！　何を今さら…」

同じく人間に戻った天満が吼えるが、濡羽は一顧だにせず鋼志郎だけを見上げている。濡れた双眸の奥底に燃える情熱の炎を隠そうともせずに。

「初めてお目にかかった時から惹かれておりました。忌み子の私を何のためらいも無く助け、選び、人間だとおっしゃった貴方に」

「……そんなことで？」

鋼志郎にしてみれば鳥が飛び、魚が泳ぐくらい当然のことだ。あぜんとする鋼志郎の手を取り、濡羽はやわらかな唇を押し当てる。

「そんなことと、そうおっしゃる貴方だからこそお慕いしているのです。貴方のものにして下さるのなら、どのような命令にも従います」

「――駄目だ！」

天満が濡羽の手を無理やり解き、背後から鋼志郎を抱き締める。

「こいつは俺のものだ。誰にも渡さない」

「そのような世迷い言をほざく資格があるとお思いですか？　鋼志郎様を閉じ込め、無理強いをし続けていた貴方に」

「鋼志郎が逃げ出さなければ、お前だって似たようなことをするつもりだったんだろうが」

「……まさか。私を貴方と一緒にしないで下さい」

趣は違えど、極上の容姿を誇る男二人が鋼志郎を挟んで火花を散らしている。どちらも生まれたままの姿を堂々とさらして。

「おい、君たち…」

鋼志郎が呼びかけても、二人は睨み合っている。そのくせ濡羽は再び鋼志郎の手を取り、諾の返事をもらうまでは離さないとばかりに握り締めるし、天満は息苦しいくらいぎゅうぎゅうと抱きすくめてくるのだから始末に負えない。

どうすれば収まりがつくのか。途方に暮れそうになった時、今にも殴り合いを始めそうだった二人が鋼志郎を背に庇い、身構える。

ざっざっと足音が聞こえ、数人の取り巻きを引き連れた虎落が庭先に現れたのは、その後だった。今宵も目元以外の全てが覆い隠され、撞木杖をついているが、老いた背中はぴんと伸

びている。

「……やはり、処分はしておらなんだか」

虎落の禍々しい瞳が鋼志郎を射貫いた。天満がぎりっと歯を噛み締める。

「気付いていていたのか…」

「貴様のことだ。儂の命令を素直に聞き入れるはずはないと思っていた」

天満が一族の在り方に疑問を抱き、不死相手に実験をくり返していたことを、虎落は把握していたのかもしれない。だから天満の申し出を信じず、監視でもさせていたのか。

……ならば、何故？

「どうして、今まで放っておいたんだ」

天満が鋼志郎と同じ疑問をぶつけると、虎落は杖の先端で鋼志郎を示した。

「決まっておる。ミアラキ様がそやつをお望みになったからよ」

「ミアラキ様が…鋼志郎を？」

「そう。色濃い『死』の気配を纏う、そやつをな。忌み子の魅了さえ振り切る輩ならば、満月の夜まで貴様に捕らえさせておいた方が良かろう」

居合わせた全員の視線に突き刺され、鋼志郎はとっさに父のお守りを握り締めた。怖かったからではない。馴染んだ気配を感じ取ったせいだ。

禍々しく甘い腐臭を漂わせ、それでいて惹き付けられずにはいられない。これは…この気配は…。

「そやつを捕らえよ。ミアラキ様に捧げるのだ」

おごそかに命じる虎落も、獣の姿に転じる取り巻きたちも…殺気をまき散らす天満と濡羽さえも、気付いていないらしい。

だが鋼志郎にはわかる。ずっと姿を消していたはずのあいつが…死神が近付いてきている…！

「…乗って下さい、鋼志郎様」

白い獣に変(へん)じた濡羽が促す。

同じく漆黒の獣に変じた天満が取り巻きたちを威嚇(いかく)している間に、鋼志郎は濡羽の背中に飛び乗った。こんな狭い空間では、数に物を言わせてすぐに捕らえられてしまう。

「追え！　絶対に逃がすな！」

虎落の怒声(どせい)を振り切るように、濡羽は高く跳躍した。冷えた風が頬を打つ。ぐんと上がった視界で、満月と…黒い衣を纏った影が重なる。

……死神！

鋼志郎の姿を見付けるや、黒い衣がぶるりと震えた。伝わってくるのはどうしようもないほどの飢(う)え、焦燥、そして歓喜。

――ヤット　見ツ　ケタ

鋼志郎にしか聞こえない声で、死神は嘲笑(あざわら)った。

家の塀(へい)を乗り越え、疾風(しっぷう)のごとく駆ける濡羽に、追い付いた天満が併走(へいそう)する。背後からはいくつもの獣の気配が追尾(ついび)してくるが、濡羽たちとの距離の差はなかなか詰められないようだ。

「浜辺に出るぞ！」

天満が吼(ほ)えると、濡羽はおとなしく従った。さっきまでの一触即発の空気はどこにも無い。広い浜辺に出て、取り巻きたちと戦おうというのだろうが——。

「…待て。下ろしてくれ」

濡羽の首筋にしがみ付き、鋼志郎は大きな三角形の耳元で懇願(こんがん)した。白と黒の獣が疾走(しっそう)したまま、同時に首をぐるんと回転させる。

「出来るわけがないでしょう！」

「お前を不死(しなず)にさせてたまるものか！」

咎めるのも同時だ。この二人、実はとても気が合うのではないだろうか。

「このまま俺と居たら…、君たちまで、死ぬことになるかも、しれない…っ…」

舌を噛まないよう途切れ途切れになりながら、鋼志郎は懸命に訴える。

満月を背負い、死神は少しずつ高度を落としながら鋼志郎に迫っている。鋼志郎の魂を刈るのに邪魔だと判断すれば、濡羽たちも命を奪われてしまう可能性が高い。

だが今、死神について説明する余裕は無い。どう話せば納得してもらえるのか。

「……っ、あれは？」

鋼志郎の視線の先をたどった濡羽が驚愕の声を上げた。青みがかった瞳は、確かに降下してくる死神を…鋼志郎にしか見えないはずの黒い影を捉えている。

「濡羽、見えるのか⁉」

「は、はい。黒い衣を纏い、人の形をした、禍々しい影のようなものが…もしや鋼志郎様にも見えるのですか？」

間違い無い。濡羽にも死神が見えている。けれど何故だ？　今まで死神の姿が見える者は居なかった。だから取り憑かれた本人にしか見えないのだと思い込んでいたのだが。

「おい、何のこと…だ…」

苛立った天満が漆黒の身体を寄せてきた。死神の方を見上げるや、黒い瞳が見開かれる。

「何だあれは⁉　人…、じゃないな。だが不死でもない…」

「天満も……⁉」

驚きのあまりしがみ付いた腕が緩み、白い背中から落ちてしまいそうになる。

どうにか体勢を立て直すうちに、鋼志郎ははっとひらめいた。実母にさえ見えなかった死神が、この島で出逢ったばかりの二人に見えた理由。

……俺と、まぐわったから……か？

いや、だとすれば母や祖母にも見えたはずだが、二人は死神の存在を知らなかった。

そこでまた新たな考えが浮かんでくる。二人は狗神族…古い獣神(じゅうしん)の血を受け継ぐ一族だ。鋼志郎とまぐわったことと神の血の相互作用で死神の姿を捉えられるようになったのか——確信は出来ないが、奴の姿が二人にも見えるのは都合がいいと思うべきだ。

「…あれは、俺に…中西(なかにし)家の直系男子に代々取り憑いてきた死神だ」

鋼志郎は手短に語った。死神のせいで中西家は早世(そうせい)の家系であること、父の死後は自分の番だと思っていたこと、この操環島(くるわじま)にやって来てから死神の姿が見えなくなっていたこと。

「…死神…、ですか。貴方の歳に見合わぬ落ち着きぶりと覚悟は、そのせいだったのですね」

「虎落(もがり)が言っていた濃い『死』の匂いとやらも、死神に憑かれていた影響なんだろうな」

濡羽と天満は疑いもせず信じてくれた。実際に姿が見えているのと、ミアラキ様という存在に脅(おびや)かされ続けてきたからだろう。死神とミアラキ様。性質は違えど、どちらも同じ神で…。

……同じ、神？

何かが引っかかるが、何なのかがわからない。もどかしさに首を振った時だった。真夏らしくない冷えた風が不気味に振動したのは。

ゴオ、オ、オオオオオオ……。

島じゅうに響き渡っただろうそれは、汽笛……ではない。汽笛にしては重すぎ、聞く者の神経を逆撫でしすぎる。

「不死が……!?」

濡羽が巨軀を揺らし、脚を止めた。

話す間も走り続け、数日前鋼志郎も迷い込んだ松林に差しかかっている。あの日と同じように、松の木々の隙間から見えた。海水をしたたらせ、ぬるりぬるりと黒い海から這い上がってくる不死たちが。

だが月光に照らされたその数は、あの日とは比べ物にもならない。

十人、二十人、三十人…浜辺を埋め尽くしそうなほどの不死がうごめき、何かを求めるように咆哮する様はさながら地獄絵図だ。満月さえもおぞましさに身震いしているように見える。

隣に並んだ天満が呆然と呟いた。

「…こんな数、見たことが無い。いくら満月だからって…」

「——見付けたぞ！」

後方から鋭い声が飛んだ。

獣に変じた取り巻きたちと、その一人の背中に乗った虎落が松の木をものともせず、猛然と追いかけてくる。虎落も狗神族のはずだが、歳のせいで獣に変身出来ないのだろうか。

「捕らえよ！　そやつは何としてでもミアラキ様に捧げねばならぬ！」

尋常ではない数の不死は見えたはずなのに、虎落はまなじりを吊り上げて命じた。異様な迫力に呑まれたのか、恐れをなしていた取り巻きたちもぐんと加速し、突進してくる。

ゴ、ゴ、ゴオオオオ……！

不死どもが再び叫喚した。

虎落たちのせいで気付かれてしまったのか。鋼志郎はどきりとしたが、不死どもは松林ではなく空を見上げている。闇の帳に閉ざされた夜空には円を描く月と、そこから鋼志郎目がけ降下してくる死神の黒い影以外何も存在しない。

死神——死を司る、『死』そのものである神。決まって満月の夜に行われるという対面の儀。死を喰らうミアラキ様。完全なる死を迎えるため、他人の死を奪おうと海から這い出る不死。

「……そうか！」

稲妻に打たれたような衝撃と共に、鋼志郎は理解した。

何故、今宵に限って不死どもが大量に海から還ってきたのか。何故この島に連れて来られて以来消えていた死神が、この時機に再び姿を現したのか。

……全ては満月に……そしてミアラキ様につながっている！

「鋼志郎様、しっかり摑まっていて下さい！」

濡羽が横に跳躍するや、体当たりをかまそうとしていた取り巻きが背後の松の木に激突した。天満はその喉笛にすかさず嚙み付き、息の根を止める。

「お、おい…、天満、本気か？　本気で一族を裏切るつもりなのか？」

「ミアラキ様に歯向かえば、お前もその遊客と共に破滅するんだぞ⁉」

怯えた取り巻きたちに、天満は牙を剝き出しにして嗤った。

「そいつは本望だな」

今度は天満の方から跳びかかり、のしかかりざま首に牙を突き立てる。ためらいの無さと容赦の無さに取り巻きたちは尻尾を丸めるが、虎落が睨みをきかせていては逃げられない。

オオオオーン……。

追い詰められた彼らは遠吠えを響かせた。毛を逆立て、牽制していた濡羽の背中が震える。

「…厄介な。総動員をかけましたね」

「総動員だって？」

「遊客の相手をしているセキレイを除き、大人も子どもも…戦える者全てを集結させるのです」

数分もすれば獣化した狗神族たちが数十人以上押し寄せてくるだろう。いくら天満と濡羽が規格外の強さを誇っても、数で圧倒されればそのうち力負けしてしまう。

「諦めて投降せよ。今なら同族のよしみで濡羽と天満だけは助けてやろう」

鋼志郎と同じ結論に達したのか、虎落が勝ち誇ったように宣告する。

ふん、と濡羽は鼻を鳴らした。

「さんざん忌み子扱いしておいて、今さら同族とは…笑わせてくれますね」

「俺たちを助けるのは、強い戦士が不死になったら困るってだけだろう?」
皮肉る天満も、一歩も退(ひ)くつもりは無いようだ。何があろうと守ろうとしている。出逢って数日しか経(た)たない、種族すら違う鋼志郎を。

……濡羽、天満……。

死なせたくない。この二人を…いや、鋼志郎自身も。

生き延びたい。生きて帝都に帰り、心配してくれているだろう母や祖父母を安心させたい。古内(ふるうち)を不死から解放し、那須野(なすの)の悪を暴(あば)かなければならない。

だが唯一外の世界につながる浜辺には無数の不死。後方には狗神族の大群。空からは死神が飛来(ひらい)してくる。

どこにも逃げ場は無い。今度こそ終わりなのか。

——いつか本当にどうにもならなくなった時に使えば、一度だけお前を守ってくれるだろう。

…私の代わりに。

頭の奥に在(あ)りし日の父の声がよみがえる。何かに導かれるようにお守りを握り締めれば、それはかっと熱くなった。

消えかけていた生への執念が燃え上がり、鋼志郎を突き動かす。

「…俺は諦めない」

声に出した瞬間、肝(きも)は据(す)わった。

どんなに細く険しい道であろうと踏破してみせる。それが生につながっているのなら。

「貴様、何を…」

「濡羽、天満。…少しの間でいい。こいつらと不死どもを抑え込んでくれないか？」

気色ばむ虎落を無視し、鋼志郎は白と黒の獣に問いかける。

「申し上げたはずですよ。貴方のものにして下さるのなら、どんな命令にも従うと」

「鋼志郎…、お前、まさか…」

濡羽は快諾し、天満は黒い瞳を揺らした。白い背中から飛び降りざま、鋼志郎は拳を握り締めてみせる。

「ああ。……ミアラキ様を倒し、生きて帰る！」

そのための手札は揃った。いや、父が与えてくれた。

「で…、…出来るものか！　そのような真似が、人間ごときに…」

喚き散らす虎落に一瞥もくれず、鋼志郎は浜辺に走り出た。追い縋る獣たちには濡羽が立ちはだかり、駆ける鋼志郎には天満が伴走する。

——見ツケ　タ　見　ツケ　タ！

自ら姿をさらした鋼志郎に、死神が哄笑する。

歓喜に打ち震えるその手に、巨大な鎌が出現した。同時に不死どもが咆哮し、うようよと寄ってくるが、鋼志郎は驚かない。予想通りだったから。

…何故、この操環島に連れて来られたとたん、死神は居なくなったのか？

それはきっと、この島がミアラキ様の領域だからだ。同じ神の領域を侵すことが出来ず、死神は鋼志郎から離れざるを得なかった。

ミアラキ様は必ず満月の夜に対面の儀を行い、遊客の死を喰らう。どうして満月の夜でなければならないのか。

その答えこそが、今宵になって現れた死神だ。

……おそらく、ミアラキ様の力の強さは月齢に反比例している。

月が丸くなればミアラキ様の力は弱まり、逆に細くなればミアラキ様は力を増す。だから最も弱体化する満月の夜に死を喰らい、不死どももミアラキ様の力が弱まったのを感じて海から這い上がってくるのだ。

いったんは鋼志郎から離れた死神も、ミアラキ様が弱体化したことにより島へ侵入することが出来た。完全な死を求める不死どもは『死』そのものである死神に惹かれ、海から還ってきた。

そして死神は今度こそ鋼志郎を逃すまいと襲いかかり――この地獄のような状況が完成したのだ。

……死神もミアラキ様も同じ『神』。だったら！

「ミアラキ様！　ミアラキ様！」

鋼志郎は諸手を突き上げ、腹の底から叫んだ。

ミアラキ様が島のどこに居るのかはわからないが、きっとこの声は届くはずだ。鋼志郎が纏う色濃い死を喰らいたくてたまらないのだから。

「俺の死を貴方に捧げます。死神に捕まる前に、どうかお姿を現して下さい！」
ゴ、ゴゴゴ、ゴゴッ……。
地鳴りが響き、砂浜が…島全体が震えた。うごめいていた不死どもは耐え切れずばたばた倒れてゆき、松林からも悲鳴が聞こえてくる。

「鋼志郎…！」

転びかけた鋼志郎を天満が素早く支えてくれた。そのまま浴衣の襟を噛んでぐいと引き寄せたのは、野生の勘の賜物だったのか。

寸前まで鋼志郎が立っていたあたりに亀裂が走り、大量の砂を吸い込みながら、がばああっと開いた。

小さな島が二つに割れていく。

フゥ、ウウウウウウ……。

底知れない地割れから、ぬるく生臭い風が噴き上げてきた。割れた地面の縁にはでこぼこの岩やフジツボが乱杭歯のようにびっしりと張り付き、生理的な嫌悪をかき立てる。

——捧ゲ　ヨ

「ミ…、ミアラキ様!?」

軋む地割れが低く醜悪な声を絞り出すや、松林から虎落が走り出た。白い毛並みをあちこち紅く染めた濡羽が、後を追いかけてくる。

――捧ゲヨ　捧ゲヨ　美シ　死ヲ

がちがちと地割れが人間の口吻のごとく噛み鳴らされるたび、地面がぐらぐら揺れる。ミアラキ様はこの島に封じられた神だと、天満は言っていたが。

……この島が、ミアラキ様そのものだったのか……。

狗神族が逃げられないわけだ。鋼志郎は胸元を撫で、進み出る。生臭い風を…いや、息を吐き出すミアラキ様の口に向かって。

「鋼志郎様！」

「駄目だ、お前はっ…」

濡羽と天満が悲痛な声を上げる。

「おお、おおっ、ミアラキ様が真のお姿を現わされるとは！　喜んでおられる…、たかぶっておられる！」

虎落はらんらんと目を輝かせ、揺れをものともせず踊り狂う。ミアラキ様の吐息に不死どもの悲鳴、そして死神の歓喜の声が入り混じり、正気をむしばんでいく。

……父上、どうか力を貸して下さい！

とうとう真上に飛来した死神が大鎌を振りかぶった瞬間、鋼志郎は首のお守りの紐を引きちぎった。

熱を帯びたそれを一瞬ぐっと握り締め、投擲する。底が見えないミアラキ様の口内目がけて。

「行けっ……！」

放物線を描いて飛んだお守りは空中で光を放ち、みるまに姿を変えた。擦り切れた布の袋から、浴衣を纏った青年――鋼志郎へと。

息を呑む鋼志郎の上で死神は進路を変え、お守りが変じた鋼志郎を追いかけていく。ミアラキ様のあぎとから喉奥へ落ちていく偽の鋼志郎を。

――美シ死　美シ美シ美シ……、美死美死美死美死！

島が、ミアラキ様がかつてないほどの歓喜に打ち震えた。

自らあぎとに飛び込んできた死神は、純粋な『死』そのもの。憑かれていただけの鋼志郎とは比べ物にならない極上の餌に、ミアラキ様は全力で喰らい付く。

対する死神とて、おとなしく喰らわれてやるわけにはいかない。大鎌をめちゃくちゃに振り回し、全力で抵抗する。

――見ツケタ　ノニ　見ツケ　見ツケ見ツケ　見ツ　ケ　ケ　ケケケ　ケケ
――美シ死　死　死死死　死　死死死死死死死死
せめぎ合うのはどちらも神。人智を超えた存在。一方は死を生み出し、一方は死を喰らう。

死神の黒い衣が切り裂かれ、ミアラキ様のあぎとがぼろぼろと崩れていく。鋼志郎は盾と矛の故事を思い出した。最強の盾と最強の矛がぶつかったらどうなるのか。

——ケ　ケケケ　ケケ　ケ、ケ……

——死死　死　死死死　死……

死神の胸にミアラキ様の牙が深々と突き刺さり、ミアラキ様のあぎとを死神の大鎌が切り裂く。

その体勢のまま数秒停止し、蜘蛛の糸のようなひびが入った直後、二柱の神は無数の光のかけらと化して飛び散った。…相討ちだ。矛盾の語源となった故事の通りに。

「あ……」

死神が散る寸前、鋼志郎は確かに見た。めくれ上がった黒い衣から何人もの若い男たちが飛び出してくるのを。

すぐにわかった。死神が刈ってきた中西家の男たちの魂だと。だって他の魂が天へ昇っていく中、一人だけ鋼志郎のもとへ近付いてきたのは…。

「……父上……」

——よく最後まで諦めなかったな、鋼志郎。さすが中西家の男子だ。

大きな掌に頭を撫でられる感触が泣きたくなるほど懐かしい。二十一歳で亡くなった父の見た目は十八歳の鋼志郎とさほど変わらないが、やはりこの人こそが父親なのだと無条件に思える。

「いいえ、…いいえ、父上…」

鋼志郎に最後の機会をくれたのは、父の遺してくれた愛情だ。

『いつか本当にどうにもならなくなった時に使えば、一度だけお前を守ってくれるだろう』

父の言葉通り、お守りは一度だけ鋼志郎の身代わりとなってくれた。その一度だけの好機を、最高の間合いで活かせたのは濡羽と天満のおかげだ。

皆が助けてくれたからこそ、鋼志郎は生きている。

――これからも強く、鋼のごとく逞しく生きろ。父の分まで。

肉体を持たぬ身には、言葉にならない鋼志郎の胸の内が伝わったのだろうか。父は満足そうに微笑み、光の粒となって天へ昇っていく。

「…まさかこんな方法でミアラキ様を倒すとは、な」

一気に力が抜け、よろめきかけた鋼志郎を天満が支えてくれた。反対側には濡羽がそっと寄り添う。

二人にたいした怪我は無いようで安心したが、浜辺の様子は一変していた。

不死どもは砂浜に倒れ伏し、ぴくりとも動かず、呻き声一つ漏らさない。集結した狗神族たちもあまりの事態に付いて行けないのか、放心状態だ。

「死が…、ミアラキ様の御腹に蓄えられていた死がぁぁ！」

虎落（もがり）が狂乱しながら泣き叫ぶ。

何が起きたのか、鋼志郎はそれで理解した。ミアラキ様の体内に捕らわれていた死が、ミアラキ様が斃（たお）れたことによって解放されたのだと。死を取り戻した不死どもは定め通りの死を迎え、正しく骸（むくろ）と化したのだと。

「古内……！」

波打ち際に友の姿を見付け、鋼志郎は駆け寄る。

触れた手は冷たく、閉ざされた瞳も唇も動かない。ごく当たり前の骸であることに悲嘆（ひたん）と、それ以上の安堵が湧き上がってくる。

…友は冥途に旅立った。もう二度と逢えないが、死を求め永遠をさまようことも無い。

古内以外の不死…いや、犠牲者たちも、きっと。

「お、お、おのれ、おのれええええ！」

虎落が激しく地団太を踏み、纏っていた衣服を全て脱ぎ去った。

さらけ出されたのは裸身ではなく――骨だ。胴も手足も、小柄な身体の首から下が全て骨と化し、かたかたと揺れている。

不死以上におぞましい姿に吐き気を覚えつつも、鋼志郎は天満の話を思い出した。虎落とは代々の長に受け継がれる名前であり、ミアラキ様を祀（まつ）ることを決めたのは島に流れ着いた当時の長だと。

……もしかして、それからずっと代替わりしていない…とか？

戦国の世の終焉(しゅうえん)から三百年近くが過ぎた。

いくら狗神族が人間の三倍の寿命を誇ると言っても、当時の長が生きていられるわけがないのだが、鋼志郎は己のひらめきが荒唐無稽(こうとうむけい)だとは思えなかった。この島には死を喰らう神が居たのだから。

人の死を喰らうミアラキ様なら、人から死を遠ざけておくことも可能かもしれない。虎落が永遠の命と引き換えに死を捧げ続けていたのなら、あれほど熱心に遊客を招いていたのも頷ける。

もっとも虎落を見る限り、ミアラキ様による『永遠の命』は人々が夢見るような素晴らしいものではなく、ただ死なないだけ…理性を保てている以外、不死とさほど変わらないようだが。

「許さん、許さんぞ貴様ら！」

ぎぎ、ぎち、みしいいいいっ…。

四つん這いになった虎落が骨を軋(きし)ませながら変身していく。老いた顔に骨の身体の老人から、人間の頭に骨の身体の獣へと。ミアラキ様にゆがめられた命は、もはや本来の姿を取ることすら叶わないのか。

「おお、長が…何と神々(こうごう)しいお姿だ…」

「ミアラキ様のご加護(かご)の賜物だ…」

「長がいらっしゃる限り、ミアラキ様は決して滅びない…！」

すくんでいた狗神族たちが一転、歓喜に包まれる。彼らの目には虎落が神の御使(みつか)いにでも見えているのだろうか。

異様な空気に鋼志郎は気圧(けお)されそうになったが、濡羽と天満だけは違った。

「鋼志郎」

漆黒の獣が鋼志郎のうなじを舐(な)める。愛(いと)しいつがいの毛並みを愛(め)でるように。

「俺もお前に惚れた。何があろうと諦めず、前を向き続けるお前にな」

「天満……」

「だから、お前は絶対に死なせない。お前を害する奴は、誰であろうと殺してやる」

「さんざん飼うだの俺のものだのほざいていたくせに、今さら殊勝(しゅしょう)なことを言わないでくれませんか」

濡羽がすかさず白い毛並みを鋼志郎に擦り付ける。

「最初に鋼志郎様のものにして頂いたのはこの私ですよ。つまり鋼志郎様をお守りする資格があるのもこの私です」

「何だと？　狗のくせに猫かぶりの忌み子野郎が、生意気な…」

ぐるるるる、と剝(む)き出しにした牙の隙間から唸(うな)り声を漏らす二人は、きっと見えていない。

濡羽を自分のものにした覚えは無いと突っ込む鋼志郎も、わなわなと震える虎落も。

「死ねぇぇぇぇいっ！」

しびれを切らした人面(じんめん)の骨獣が跳びかかってくる。しわの寄った口から生(は)えるのは鋭い獣の牙で、骨の四肢(しし)の先端は槍の穂先のごとく尖っている。

「うるさい、黙れ！」

異口同音(いくどうおん)に叫び、天満と濡羽は虎落を迎撃した。

素早く左右に分かれ、人間の頭と骨の胴体をつなぐ首に牙を突き立てる。さっきまで言い争っていたとは思えない鮮やかな連携(れんけい)攻撃は、虎落の首を胴から断ち切った。

「死、死ね、死ね死ね、死……」

砂浜に落ちてからも虎落の首は怨嗟(えんさ)を吐き続け、もぞもぞと這って骨の胴体とつながろうとする。

だが再び天満と濡羽の連携攻撃を受け、骨の胴体は黒い煙となってあっけなく霧散(むさん)した。

「…そ、そそ、ん、な…」

絶望に染まる虎落の首もみるみるまに肉が腐り落ちてゆき、現れた頭蓋骨(ずがいこつ)は胴体同様散っていった。虎落に力を与えていたミアラキ様はもう居ない。虎落が復活することは二度と無いだろう。

この島に、神の生贄(いけにえ)が招かれることも。

ゴゴゴゴ、ゴゴッ……。

鋼志郎が安堵の息を吐いた時、大地が鳴動(めいどう)した。立っているのが難しいほどの揺れは、さっきまでとは比べ物にならない。

島に刻まれた巨大な地割れから、卵が腐ったような異臭が溢れ出す。不死どもを海に還していた崖からばらばらと岩が落ち始めた。

本能的な危険を覚えたのは、鋼志郎だけではなかったようだ。

「…乗れ、鋼志郎」

「この島は間も無く沈みます。一刻も早く脱出しなければ」

一瞬睨み合ったものの、妥協したらしい天満と濡羽が促(うなが)す。

鋼志郎は古内の骸に後ろ髪を引かれたが、すぐさま天満の背中に乗った。…二人の懸念(けねん)は正しい。ミアラキ様の身体そのものであったこの操環島は、ミアラキ様が消滅した今、実体を保てなくなっているのだ。

……すまない、古内。

鋼志郎では古内の骸を抱え、本土まで泳ぎ着くのは不可能だし、天満たちに頼むことも出来ない。

つかの間瞑目(めいもく)し、鋼志郎は天満の首筋にしっかり摑まりながら叫ぶ。

「お前たちも脱出しろ！　この島は沈む…死にたくなければ、泳いで本土に向かうんだ！」

慌てふためいていた狗神族たちはようやく我に返ったが、鋼志郎たちを追って海に入ろうとする者は居なかった。

その場にへたり込むのはまだいい方で、居住区域に戻っていく者、異臭をまき散らす地割れにしがみ付く者、果ては底知れない穴へ自ら身を投じる者…鋼志郎には理解出来ない。狗神族の身体能力ならじゅうぶん助かるのに、何故みすみすその機会を捨ててしまうのか。

「ミアラキ様が消滅しても、ミアラキ様に支配されていた心までは解放されなかったんだろう」

「貴方と出逢わなかったら、私たちも彼らと同じ結末を選んだかもしれません」

天満と濡羽の言葉が全てだった。

二人の泳ぎは力強く、あっという間に沖へ出る。ふと誰かに呼ばれた気がして振り返れば、遠くに見える島は真ん中から真っ二つに割れ、沈んでいくところだった。狗神族も遊客たちも、死を取り戻した犠牲者たちの骸も…全てをその腹に収めたまま。

真夏らしい生ぬるい夜風に乗って、いくつもの小さな光が天へ昇っていく。

「ミアラキ様、……御荒城(みあらき)様、か」

荒城は正式な墳墓(ふんぼ)が完成するまで、骸を収めておく仮の墓所(ぼしょ)だ。これからは平穏を取り戻した海と冴えた月光が、沈みゆく無数の骸の墓標になるのだろうか。

——ありがとう、中西。

頭の奥に在りし日の友の声が響いた。

「では行って参ります」

「待って、鋼志郎さん！」

小千谷縮の浴衣に麻の帯を締め、玄関を出ようとすると、大きな風呂敷包みと夏羽織を持った母がぱたぱたと追いかけてきた。

「あのお二人のところへ行くのでしょう？　お弁当をこしらえましたから、手土産代わりにお持ちなさい。鋼志郎さんの好きな煮しめも入っていますよ」

「はい、母上」

「それと、羽織も着ていきなさい。昼間はまだ暑いですが、日暮れにはずいぶん冷えるようになりましたからね」

「…はい、母上」

鋼志郎は促されるがまま夏羽織を纏い、ずっしり重たい風呂敷包みを受け取る。ついでに渡された手巾と懐紙も素直に懐へ入れた。

幼子扱いに文句をつける気にはならない。何せ鋼志郎は一週間近く行方知れずになり、半狂乱になって探し回る家族のもとへ帰って来てまだ半月ほどしか経っていないのだ。死神の存在を知らない母にしてみれば、息子まで早死にしてしまうのではと心配になるのは当然だろう。

今度こそ玄関をくぐり、外に出たとたん真夏の太陽が照り付けた。蝉しぐれが鼓膜にじわじわ染み込んでくる。

早くも額に滲んだ汗を拭いながら、鋼志郎は歩き出した。母には俥を拾いなさいとしつこく言われたのだが、晩夏の名残を惜しみたかったのだ。

三十分ほどで到着したのは、高台に建てられた洋館だった。操環島に連れ去られた日にも訪れた、那須野の邸だ。

「鋼志郎様！」

「鋼志郎！」

門前で待ち構えていた濡羽と天満が駆け寄ってくる。襯衣にズボンの洋装は、長身で手足の長い二人には小袖よりもよく似合っており、華やかな洋風建築にもしっくり溶け込んでいた。

「よくいらして下さいました。暑かったでしょう？　早く中へ」

「それは母君の弁当か？　ちょうど良かった。いい酒が手に入ったばっかりだ」

濡羽が鋼志郎の手を取り、鼻をうごめかせた天満が風呂敷包みを持って邸の中へ案内してくれる。

一階のホールから二階の客間へ向かうまでの間、すれ違った何人もの使用人たちは恭しくお辞儀をした。天満と濡羽がこの邸の主人であり、鋼志郎はその客だと当たり前に受け容れているのだ。

……本当に、やり遂げたんだな。

全身から歓喜を滲ませる二人に、言葉が出て来ない。この先で待ち受けることを想像するだけで全身が熱を帯びていく。

「……っ」

高級な舶来の調度が揃えられた客間に入り、扉が閉まった瞬間、二対の腕が左右から鋼志郎をからめとった。濡羽が右の、天満が左の耳朶を食む。

「あぁ…、鋼志郎様…。この瞬間をどれほど待ちわびたことか…」

濡羽が蜜よりも甘い囁きをしたたらせれば、天満は耳の穴に熱い舌を差し入れる。その間にも二人の手は息の合った動きで鋼志郎の帯を解き、夏羽織を脱がせようとする。

「…っ…、……待て！」

久しぶりの熱に流されそうになるのを何とか堪え、鋼志郎は二人を押し返した。不埒な手を止めはしたものの、離れようとしない二人が躾のなっていない大型犬のように見えるのは、素性を知っているからだろうか。

「…ここに来たってことは、俺の気持ちを受け容れてくれたんじゃないのか？」

「この男はどうなっても構いませんが、私は貴方のものにして下さるのですよね？」

不満たらたらの天満と縋るような眼差しの濡羽に首を振り、鋼志郎は乱れた夏羽織と帯を手早く直した。

「その前に、話さなければならないことが山ほどあるだろう」

まずは座れ、と窓際のソファを指差せば、二人ともおとなしく従ってくれたのでほっとする。

隣に座りたがる二人を制し、テーブルを挟んだ反対側に腰を下ろすと、レエスのカーテンの向こうによく手入れされた庭園が広がっていて、短くも濃厚だった操環島での日々が夢のように思えてくる。

――半月前。

天満と濡羽に交互に背負ってもらい、海を渡るうちに意識を失った鋼志郎が目覚めたのは、帝都の病院の寝台だった。枕元には泣き腫らした目の母と祖父母、そして何故か洋装の天満と濡羽、さらにぼんやりした表情の那須野が居た。

『鋼志郎さん、良かった…本当に良かった…！』

母が鋼志郎に抱き付いておんおんと泣き、医師がひどく衰弱している以外異常は無いと診断するとさらに泣き、そこに祖父母も加わったものだから鋼志郎はただ困惑するしかなかった。

落ち着きを取り戻した母が事情を教えてくれたのは、三十分以上経った後だ。

『品川の沖で溺れていた貴方を、こちらのお二人が助けて病院に運び、私たちにも連絡を下さったのですよ。那須野様のお身内の方だそうで…本当にありがたいことです』

『…お礼は無用です、ご母堂。偶然とはいえ、中西くんは私が後援していた古内くんの学友。助けるのは当然のことです』

謙遜する那須野は、以前とは別人のようだった。自ら操環島へ送り込んだ鋼志郎を前にしても、動揺する素振りも無い。

もしやと思い濡羽たちをそっと窺えば、小さな頷きが返された。

やはり、と鋼志郎は得心する。

陸地に流れ着いた後、濡羽と天満は遭遇した人々に魅了の力を使い、那須野のもとまで運ばせたのだろう。そして那須野にも力を使い、鋼志郎を入院させ、中西家に連絡を入れさせたのだ。島の生活しか知らないのに、恐るべき行動力と順応力である。

『……すみません、母上。学校を出たところまでは覚えているのですが、その後はまるで……』

この一週間、どこで何をしていたのかと問い詰められ、鋼志郎はあいまいにぼかした。操環島の存在を明かしたところで信じてもらえないだろうし、二人が利用しているのなら、那須野の悪事も伏せておくべきだと思ったのだ。

日頃の真面目な生活ぶりがものを言ったのか、母はそれ以上追及しようとはせず、ただ息子の身体だけを心配した。そして鋼志郎にせがまれるがまま、病室に濡羽と天満の三人だけにもしてくれたのだ。

そこでようやく二人から聞き出した顛末は、ほぼ鋼志郎の予想通りだった。二人は遠い親族として那須野の邸に滞在しながら、こちらでの生活の基盤を築き上げるつもりだという。…鋼志郎の傍に居るために。

『半月もあれば、那須野から全てを奪ってやれるだろう』

操環島に遊客を送り込む窓口だったのだ。鋼志郎も薄々察してはいたが、篤志家の顔は表向きで、実際の那須野は裏社会にはびこるいくつかの派閥の領袖だったらしい。

狗神族の能力、それに操環島で培った経験をもってすれば、那須野の表も裏も奪うのは可能だろう。係累も戸籍も持たない二人がここで生きていくには、最適の道かもしれない。

だが、いくら天満と濡羽でも、たったの半月で那須野の全てを我が物にするなんて難しいのではないだろうか。

『やってみせますよ。…貴方のものにして頂くには、それくらい出来なくてはなりませんからね』

自信を滲ませる濡羽がぞくりとするほど艶めかしい流し目を寄越し、寝台に乗り上げた天満が鋼志郎の顎を指先で掬った。

『半月経ったら那須野の邸へ来い。…俺の思いを受け容れる気があるんだったらな』

たじろぐ鋼志郎にそれ以上何も言わず、二人は去っていった。

翌日には退院が決まり、行方不明だったことを学校に報告したり、心配してくれていた学友や親類たちへの挨拶回りをするうちに時間は風のように過ぎ去っていったが、二人が鋼志郎の前に現れることは一度も無かった。

だから二人と対面するのは、操環島を脱出してからは今日が二度目なのだ。もしかしたら忘れ去られているのかもしれないと不安に襲われたこともあったが、二人は鋼志郎を待ちわびていてくれた。

「……まず、那須野さんはどうなったんだ？　どこにも姿が見えないようだが」

嬉しさと安堵を隠しながら問えば、二人は顔を見合わせ、同時に微笑んだ。島に居た頃はいがみ合っていたのに、この半月でずいぶんと打ち解けたようだ。

「邸を出て、隠居して頂きましたよ」

「必要な情報は全て吐かせたからな」

鋼志郎は何となく察した。那須野の隠居先はこの世ではないのだと。公には生かされたまま、濡羽と天満の隠れ蓑として活用されるのだろう。これまでの悪行をかんがみれば、自業自得…いや、生ぬるいとさえ思ってしまうが、古内も少しは浮かばれるはずだ。

「では、二人の今の立場は？」

つかの間友に思いを馳せ、鋼志郎は次の質問を放った。

「私は那須野の表の事業を受け継ぎました。ずさんな経営体制の分野は見直し、不採算部門は切り離しつつ、来年には倍の規模に成長させるつもりです」

「俺は裏の事業を受け継いだ。舐めた態度を取る野郎どもはきっちり躾けておいてやったから、ずいぶんとやりやすくなったな」

すらすら答える濡羽と天満は実業家と闇の領袖がすっかり板についており、鋼志郎は面食らってしまう。この二人がほんの半月ほど前までは閉ざされた呪いの島に住んでいたなんて、とても信じられない。

魅了の力があっても、那須野が半生をかけて築いたものを己が血肉にするのは生半可な苦労ではなかっただろうに――。

「私は、貴方のものに相応しい私になれましたか？」

黙りこくる鋼志郎に濡羽は縋るような眼差しを、天満は焼かれてしまいそうな熱のこもった眼差しを絡める。

「お前はいつでも俺の予想を軽々と跳び越え、とうとうミアラキ様まで倒してみせた。どうやっても無理なんだと、俺がほとんど諦めていたミアラキ様を」

「…それは、父と君たちが助けてくれたおかげだ。俺は最後の一押しをしたに過ぎない」

「そこまでたどり着けたのは、お前が最後の最後まで生きることを諦めなかったからだ。…俺は、お前以外知らない。まぶしくてまぶしくて、それでも見詰めていたいのも…どんな手段を使ってでも傍に居たいと焦がれるのも」

二人は同時に立ち上がり、鋼志郎の左右に腰を下ろす。左腕を抱く天満の両腕も、右腕を抱く濡羽の両腕も、そのまま溶け合いそうなほど熱い。

「お慕いしています」

「愛している」

切ない吐息が浴衣越しに肌をくすぐった。

「貴方だけが私に手を差し伸べて下さったから、私は今こうしてここに居る。…貴方のお傍に侍れないのなら、この命に意味はありません」

「…聞かせてくれ、鋼志郎。お前は俺たちを受け容れてくれるのか？」

奇妙に重たい沈黙がずんとのしかかってくる。…こうなることはわかっていた。答えもすでに鋼志郎の中にある。

鋼志郎は騒ぐ胸をなだめ、袂に入れておいたものを取り出した。二人も軽く目を瞠る。

「…それは、鋼志郎様のお守り…」

「ミアラキ様に投げた後、回収していたのか？」

鋼志郎は静かに首を振った。

「そんな余裕など無かったのは、君たちも知っているだろう。…これは退院した翌日、久しぶりに家の布団で目覚めたら、枕元に置かれていたんだ」

組紐は失われ、袋の口も開いてしまっていたが、中身は無事だった。

あの日、父からもらって十五年目にして初めて見た中身を、濡羽と天満にもさらす。折りたたまれた紙片と、やわらかな黒髪の束を。

ていねいに広げた紙片は真ん中のあたりが焦げていたが、父の筆跡で経文らしきものが記されているのは読み取れた。その正体を教えてくれたのは、半月の間に訪ねた菩提寺の住職だ。

「これは尊勝陀羅尼だ。唱えれば罪障を消滅させ、厄を除け、寿命を延ばすご利益があるという」

「…こっちは、お前の髪だな」

髪の束に鼻を近付け、天満が判じた。同じようにした濡羽も頷く。

「匂いが薄いですから、だいぶ前…幼子の頃のものでしょうね」

「やはり、か」

そうではないかと思っていたが、二人のおかげで確信が持てた。

……父上……！

ゆがむ視界に、父の笑顔が浮かぶ。

父は最期まで鋼志郎を案じていてくれたのだ。迫る死神の気配を感じながら、己の死後、死神に憑かれることになる息子を少しでも長くこの世に留めてやりたい一心で厄除けの陀羅尼を記し、お守りをこしらえた。

そしてお守りは十五年後、身代わりとなり、鋼志郎を死神から救ってくれたのだ。

――菩提寺で父の墓参りを済ませて帰った翌日、母に頼まれ中西家の蔵の整理を手伝っていると、何故か壁の一部が崩れており、そこに埋め込まれていた古い書物を発見した。

驚いたことに、それは三十代以上前の中西家の当主が記した手記だった。鋼志郎の遠い祖先だ。

当時は戦国の世。戦場で深手を負い、もはやここまでかと諦めかけた祖先の前に黒衣を纏った禍々しい影…死神が現れ、取引を持ちかけたのだという。

『そなたの子孫の魂を差し出せ。さすればそなたは助けてやろう』

命の危機に瀕していた祖先は、その取引に応じてしまった。すると祖先の傷はたちまち癒え、大将首まで獲って凱旋を果たしたが、その直後に数多居る子どもの一人が死んだ。病気一つしない、健康な子だったのに。

きっと死神に魂を刈られたのだ。祖先はおののき、泣いて子に詫びたが、内心安堵もしていた。子は他にもたくさん居る。一人の子の命で当主が、ひいては御家が守られたのなら良い取引だったと思ったのだ。

だが、子はそれからもばたばたと死んでゆき、ついには跡継ぎの長男も死に、生まれたばかりの長男の子…孫だけが残された。

『どういうことだ。話が違うではないか!?』

憤る祖先に、死神は平然と告げた。

『私はそなたの子孫と言ったのだ。そなたの系譜に連なる者は、皆そなたの子孫であろう?』

その瞬間、祖先はようやく己の過ちに気付いたのだが、時すでに遅し。孫もひ孫も、それぞれ後継者をもうけるとすぐ亡くなってしまった。

祖先自身は長寿だったため、己の愚かな選択のせいで子らが死んでいく様を見届け続けるはめになった。この手記は子孫への懺悔のために書かれたようだが、おそらく父も祖父も存在を知らなかっただろう。今になって現れたのは、死神が滅びたからに違いない。

……連綿と続く悲劇を、父上が断ち切って下さったのだ。

震える頬を両側から熱い舌が舐める。鋼志郎はようやく自分が泣いているのだと気付いたが、恥ずかしいとは思わなかった。濡羽と天満だから。

つまりは……そういうことなのだろう。

「…男でも女でも、俺は誰かと添う未来を考えたことが無かった。そんな歳になるまで生きられないだろうし、大切な人を置いて逝って悲しませたくなかったからな」

母は父の死後も気丈に振る舞い、女手一つで鋼志郎を育ててくれたが、時折仏壇の前で涙を流していることを知っている。祖父母が持ち込む再縁話を、ことごとく断っていることも。

「だから死神から解放され、どのような未来も選べるのだと思った時…とまどってしまったんだ。君たちは俺のために同胞と戦い、故郷まで捨てた。その真摯な思いに、俺は応えられるのだろうかと」

「それは…」

「鋼志郎…」

何か言おうとする二人の頭を、鋼志郎は苦労して撫でた。

「お守りが戻ってきたのはそんな時だ。きっと父上は、とうに答えは出ているくせにうじうじしている俺を見かねたのだろうな」

はっと二人が息を呑む。受け容れられるか否か。期待と不安が入り混じる中、鋼志郎は胸の中で温めてきた答えを告げる。

「この気持ちが君たちと同じかどうかはわからない。だが、俺はこれからも君たちと共に在りたいと思、…う…っ…」

みなまで言わせず、天満が鋼志郎を強引に振り向かせ、唇を貪った。一瞬出遅れた濡羽が忌々しそうに天満を睨み、鋼志郎の手から優しく奪ったお守りをテーブルによける。

「…今は、それでじゅうぶんだ」

喉奥まで長い舌でたっぷり犯した後、天満はつつっと唇をすべらせ、喘ぐ鋼志郎の喉を噛んだ。甘い痛みが島での日々をよみがえらせる。

「じっくり、私たちに堕ちて下さい。…時間はたっぷりあるのですから」

濡羽がくたっとした鋼志郎を抱き寄せ、膝に乗せながら耳朶を食んだ。

帯と夏羽織はあっという間に奪われ、鋼志郎の正面に膝をついた天満によって下帯も解かれてしまった。

「お前の匂いがする……」

天満がうっとりと下帯に鼻先を埋め、鋼志郎は思い出した。下帯をつけた姿を天満にさらしたのは、今日が初めてだったと。

「…鋼志郎様、ああ、鋼志郎様…」

匂いを堪能しているのは天満だけではない。濡羽は鋼志郎のうなじから首筋を鼻先でたどり、肩口を吸い上げながら、さらけ出された胸に両手を這わせる。

「あっ…、あぁっ…」

胸の薄い肉を、鍛錬で身についた筋肉ごと寄せ集められ、大きな手に揉みしだかれていると、甘い声が勝手に漏れてしまう。すると肩口をくすぐる吐息も舌もさらなる熱を帯び、大きく脚を開かされた。

「……あ、あぁぁっ！」

肉茎が熱くぬるついた粘膜に包まれ、鋼志郎は両脚をびくんっと震わせる。

下帯を奪われた股間に、天満が顔を埋めていた。鋼志郎と目が合うとにっと唇をゆがめ、見せ付けるように肉茎を口内に沈めていく。

「て…、んま、…あ、…っ」

「鋼志郎様……そんな男など、ご覧にならないで」

妬けてしまうでしょう…？　と囁く声音は甘く、どろどろと鋼志郎の耳朶から脳を侵してゆく。

「私だけを見て、私だけを感じて下さい…私の、愛しい主…」

「や、あ、…あ、ああっ…」

長い指がいつの間にかぷっくりと尖った乳首をつまむ。

くりくりと動かされるたびほのかな快感が広がっていって、鋼志郎はとまどった。女ではないのに、こんなところで感じてしまうなんて。

「何もおかしくはありませんよ」

ちゅっ、ちゅう…っと音をたて、濡羽は健康的な肌に淫楽の証を刻む。

「ここを可愛がられれば、誰でも感じるのは当然ですから」

「本…、当に…？　でも、こんなの、初めて、で…」

「おかわいそうに。そこの下半身だけで生きている駄目男は、貴方に自分の痕跡を刻むことだけに夢中になって、ろくすっぽ鳴かせてはくれなかったのですね」

侮蔑もあらわな口調に、鋼志郎を見上げていた天満の双眸に殺意が灯る。本能的な恐怖を覚えて腰を引けば、尻のあわいに熱く硬いものが当たった。

「ふふ…、もう欲しいのですか？」

「あ、…違…っ、あぁ…！」

いっそう深く顔を埋めた天満が喉奥まで肉茎を咥え込む。先端を喉の壁に何度も押し当てられ、すぼめた頬と舌で締め上げられれば、否応無しに腰を振ってしまうのが男の性だ。

「…っ、あ、あ…っん、あ、あっ…」

己の浅ましさに身を震わせつつも、腰の動きは止まらない。尻に当たる濡羽のそれも雄々しく隆起してゆき、胸をもてあそぶ指は執拗さを増す。

鋼志郎にもう少し余裕が残っていれば、自分を挟んで睨み合い競い合う男たちの殺気を孕んだ視線に気付けたはずだ。だがそれは幸運だったのかもしれない。

——死ね。

——殺してやる。

自分を抱く男たちがしょせんは人の姿を取っただけの獣だと知れば、さすがの鋼志郎も逃げたくなってしまっただろうから。

だが獣は獣ゆえに互いの強さを見極める。この場で戦っても互角、最悪鋼志郎を連れ去られる怖れがあると刹那の間に理解した二人は、ようやく堕ちてきてくれた獲物を再び貪りにかかる。

ふっと鋼志郎の下肢が持ち上がり、絡み付いていた浴衣が剝ぎ取られた。生まれたままの姿に、二人が同時にごくんと喉を鳴らす。

「ひ……、あっ…!」

尻のあわいを割った濡羽の指が、蕾の中に入ってきた。

異物を迎える久しぶりの感触は、鋼志郎に思い出させる。そこをみちみちに満たされ、思うさま突き上げられ、最奥に熱い飛沫をぶちまけられる悦楽を。

「…んっ…」

天満が艶めいた呻きを漏らした。淫らに舐め上げられ、はち切れんばかりに怒張した肉茎がぶるぶる震える。

あと少し…ほんの少しだけでいい。刺激をくれれば、溜まりに溜まった熱を解放出来るのに…！

「……駄目ですよ、鋼志郎様」

鋼志郎の頭に口付けを降らせ、濡羽は天満と意味深な眼差しを交わす。天満がおもむろに肉茎を解放するや、どこからか取り出した細い紐で肉茎の根元を素早く縛めた。

「な…、んで…」

「お前は俺たちを受け容れたんだ。…これからは、ここで俺たちを銜え込みながらでなきゃいけない身体にしてやらなければならないだろう？」

誰をも魅了せずにはおかない色悪めいた笑みで、天満はさらりと恐ろしい宣言をする。とっさに助けを求めて振り返れば、濡羽は鋼志郎が知る中で最も美しい顔を蕩かせ、愛おしそうに頬を擦り寄せてきた。

「中にいっぱい精を放たれながら極める鋼志郎様は、この世のものとは思えないほど愛らしいでしょうね」

「ぬ…、濡羽…」

「安心して下さい。私はそこの駄犬と違い、加減をわきまえておりますから。…すぐ、ご自分からこれをねだるようにして差し上げますよ」

器用にズボンの前をくつろげ、充溢した肉刀の切っ先を蕾に押し当てる。

しとどに濡れた感触で、鋼志郎は思い知らされた。…濡羽も天満と同じなのだ。少なくともこの件に関しては手を組み、譲る気は無い。

鋼志郎に、逃げ場は無い。

「さあ…、鋼志郎様……」

背後の濡羽と、鋼志郎の前に立った天満。二人が前後から鋼志郎の上体を持ち上げた。浮いた尻のあわいはそそり勃つ濡羽の切っ先にあてがわれ…ゆっくりと下ろされていく。底光りする目をぎらつかせた獣たちの、あらがえない力強い腕によって。

「…あ…、あぁ、あ、あぁ――……!」

快楽を教え込まれた媚肉は、半月ぶりとは思えないなめらかさで濡羽のものを呑み込んでいく。

望んだものがやっと与えられたのに解放を許されず、ぱんぱんになった肉茎よりも、軋む下肢よりも、絡み付く天満の視線の方がつらい。

……見られて、いる。

大きく開かされた脚を。悦んで男を銜え込む蕾を。情けどころを擦られ、びくんびくんと打ち震える肉茎を。

「濡羽…、…天満…、ぁ……」

これだけでは足りない。もっと、もっと欲しい。太いものにがんがん奥を突かれ、たくさんの精を受け止めたい。

濡羽も……天満も。

「っ…、くそ……」

——性悪め。

天満が低く詰ったのは、根元まで収めた肉刀で容赦無く媚肉を抉る濡羽のことだと思った。違うのだと悟ったのは、胴震いする肉槍を目の前に突き付けられた後だ。

「鋼志郎…、…俺も、お前の中に…」

ズボンをくつろげた天満がひたと鋼志郎を見据えている。

懇願するような瞳に心臓がどくんと高鳴り、鋼志郎は身を乗り出しながら口を開けていった。開かされた脚は濡羽が支えてくれるし、太いものに貫かれているのだから、濡羽の膝から落ちてしまう心配は無い。

「…っ、ぐ、…っ…」

熟した先端が口内に入ってくる。初めて受け容れる肉刀の圧倒的な質量と濃厚な雄の匂いに

ためらっていると、頭をがっちり掴まれ、強引に根元まで押し込まれた。

「く……」

「あぁ…」

濡羽と天満が同時に悦楽の呻きを漏らす。腹の中の肉刀がぐんと漲り、媚肉を押し広げた。

腹も口も信じられないくらい大きな肉刀にふさがれ、息苦しくてたまらないのに、この二人に快楽を与えているのが自分だと思うと奇妙な愉悦が湧いてくる。自分と同じくらい二人を乱れさせ、鳴かせてやりたい――。

「ふ…、っ…、う、ん、うう、う……」

未知の学問に取り組む時とも、道場で好敵手と竹刀を交わす時とも違う衝動に突き動かされるがまま、鋼志郎は自ら腰を振った。すっかり勃起してしまった乳首をいじくり、腹の中の肉刀をうねる媚肉で締め付け、口内の肉槍を美味そうに頬張りながら。

「鋼志郎様っ…、ああ、貴方は、貴方は何て…」

「鋼志郎、…好きだ、鋼志郎…っ…」

全身で男を求める貪欲な姿に興奮した獣たちが、鋼志郎の腹と口をずっちゅずっちゅと一心不乱に犯す。

どちらの肉刀も熱く淫らな媚肉に包まれ、どくどくと脈打ち、限界が近いと告げている。鋼志郎の中で果ててしまいたいと。

……愛しい……。

湧き起こった熱い思いは、二人の胸に燃え盛るそれと同じなのだろうか。

きゅっと腹と口の肉刀を食み締めた瞬間、両方がどくんっとひときわ大きく媚肉を打ち、おびただしい量の精をぶちまける。

「……ん……っ、う……」

背後から濡羽が腹を、前から天満が喉を撫でる。ぐちゅ、と逞しさを保ったままの肉刀にねだられ、鋼志郎は腹の肉刀から一滴残らず精を搾り取り、口内の精を飲み干した。


二人の獣が愛しい人を解放したのは、太陽が沈んでしばらく経った後だった。鋼志郎の母には『話が弾んだので、今日は泊まっていく』と途中で使いを出しておいたから問題は無い。

「鋼志郎様……」

大きな寝台で慈母のような笑みをたたえ、裸の鋼志郎を抱く濡羽は、幾人もの遊客をたぶらかした毒婦のような男にはとても見えない。

きっと濡羽の方も同じことを思っているだろう。反対側から鋼志郎を抱き、悦に入った笑みを浮かべる天満は、とても数え切れないほどの不死どもを駆逐してきた戦士の長には見えないと。

……こいつは、間違い無く忌み子だ。

共に那須野の組織を乗っ取った半月間で、天満は痛感した。不死の腹を食い破って生まれたから、ではない。微笑み一つで那須野を下僕にし、奴の配下をも手足のごとく使いこなし、用済みになれば同士討ちをさせ、生き残った最後の一人に自らの墓穴を掘らせ埋めさせる手口は天満すら寒気を覚えた。

『鋼志郎様に仇をなしたのですから、罪は償わなければなりませんよね』

そのくせ微笑はどこまでもあでやかで美しいのだから、濡羽を忌み子としてセキレイの義務を負わせ、妓楼に閉じ込めていた虎落の判断は正しかったのだろう。この男が戦士に振り分けられていたら、濡羽を巡って戦士同士のいさかいが絶えなかったはずだ。

「貴方も同類ですよ」

鋼志郎の寝顔を眺めたまま、濡羽が冷ややかに呟く。

「私と違い、貴方は狗神族の中枢に近い立場だった。にもかかわらず一族をあっさり捨て、鋼志郎様を選んだのですから」

「……そう、かもしれないな」

二人は自然と部屋の奥へ視線を向ける。うまく壁と同化しているが、そこには隣室につながる扉があるのだ。

那須野が後ろ暗い理由で使っていたのだろうその部屋を、二人は半月の間に改築させておいた。舶来の家具を揃え、ひと一人が一生外に出ずとも快適に暮らしていけるように。

『もし俺がお前たちを受け容れなかったら、どうするつもりだったんだ?』

眠りに落ちる直前、鋼志郎が放った質問の答えがあの部屋だ。

使うことにならなくて良かったと安堵するのと同じくらいの失望は、天満だけではなく濡羽の胸にも巣食っているのだろう。

…鋼志郎はまだ、狗神族の情の強さと深さを知らない。だから二人とも受け容れてくれたのだ。

いつか真実を知った鋼志郎が二人から逃げ出そうとした、その時は——。

キイ……。

壁と同化していた扉が内側から開かれる。細い隙間から吹いた風は晩夏と思えないほど冷たく、かすかな潮の匂いを含んでいた。

獣が居ると人は言ふ

操環島での事件から一月ほど後。

夜のしじまに草雲雀の鳴き声が混じりだした頃、中西鋼志郎は高等学校に復帰した。

「よく来たな、中西！」

「寝込んで入院したと聞いた時は心配したが、元気そうで何よりだ」

「しかしまだ本調子ではあるまい。くれぐれも無理はするなよ」

久しぶりに登校した鋼志郎を、級友たちは温かく迎えてくれた。行方不明であったことはとうてい口外出来ないので、母や祖父母と相談した末、高熱を出して入院していたことにしたのだ。入院したのは事実だし、病院長もずっと入院していたと証言してくれたため、誰にも怪しまれずに済んだ。

「ありがとう。休んだ分を取り戻すためにも励まなくてはな」

鋼志郎が微笑むと、級友たちは何故か目を丸くし、おろおろと落ち着き無く視線をさまよわせた。彼らは鋼志郎と同じ士族の出身で、竹を割ったような気性の主ばかりなのに珍しい。

「どうした、皆」

鋼志郎の問いに、かすかに頬を染めた級友たちは顔を見合わせる。

「どうしたって、なあ…」

「ああ、…何と言うか、お前、以前と少し変わったな」

「うむ。熱を出して肉が落ちたせいなのか、どことなくこう、艶めいたような…」

「艶めいた?」

鋼志郎はきょとんとしてしまった。確かに一時期体重は減ったが、退院してから母にたくさん食べさせられたおかげですっかり元に戻った。武術の鍛錬も怠らなかったから、筋肉も落ちていないはずだ。

「男相手に戯れ言を。そういう言葉は意中の娘にでもぶつけたらどうだ」

「言ってやるな、中西。こやつはまさに昨日、『イヴェール』の女給から袖にされたばかりなのだぞ」

級友の一人がにやりと笑い、大柄な級友を肘で小突く。

帝都には数多のカフェーが店を構えるが、学校近くのカフェー『イヴェール』は選りすぐりの美人女給を揃えているので有名だ。遠方から通い詰める者も多く、この大柄な級友も女給の一人に入れ上げていた。

「そうそう、櫛だの白粉だのさんざん貢がせておきながら、洋行帰りの実業家の妾になると言って辞めてしまったとか」

「しかも他の客にも同じ品を貢がせておいて、一つを残して全部質に入れていたそうではないか。全く、ひどい話だ」

「お、お前たち……!」

他の級友たちが茶々を入れ、大柄な級友は真っ赤になってまなじりを吊り上げる。この級友があちこちの女給に夢中になっては振られるのはしょっちゅうなので、皆、慣れたものだ。

「……ふん。平民女相手に、相変わらず卑しい奴らだな」

鋼志郎がしみじみと日常を噛み締めていると、教室の真ん中で嫌みたらしい声が上がった。浅く椅子に腰かけ、肩越しにこちらを睥睨しているのは綾部菊彦だ。

皇族の血を引く由緒正しい公家華族綾部伯爵家の次男であり、高貴な血筋に相応しい気品に満ちた美貌の主ゆえ、綾部を慕う者たちからは憧憬を、疎んじる者たちからは侮蔑を込め『姫宮』と呼ばれている。綾部を取り巻き、刺々しい視線を投げかけてくる公家出身の級友たちは前者、士族や平民出身の級友たちは後者だ。

鋼志郎自身は綾部に対し何の思い入れも無いが、綾部は違うようで、操環島の事件までも何かと難癖を付けられていた。

自分と同じ華族しか高等学校に通う資格は無いと断言し、それ以外の学生を蔑視している綾部だから、苦学生の古内とも仲のいい鋼志郎が気に食わなかったのだろう。華族の上級生と一緒になって古内に絡んでいるのを止めに入ってからというもの、ますます敵視されるようになった気がする。

「何だと？」

大柄な級友に睨まれ、綾部はびくりと怯んだ。だが取り巻きたちが庇うように綾部を囲んだとたん、高慢な表情を取り戻す。

「事実を言ったまでだ。卑しい犬だから、より卑しい平民女などに心惹かれるのだろうとな」

「犬だって？」

「貴様ら士族…武士は元々、我ら高貴なる公家を守るために存在を許されたモノだった。我らの足元に侍る飼い犬であろうが」

あはははは、と綾部は艶のある髪を揺らしながら高らかに笑い、取り巻きたちも追従した。殺気立ったのは鋼志郎の級友たちだ。幕府は倒れても、武士としての誇りまで失ったわけではない。

「…貴様ら…、歌を詠むくらいしか能の無いうらなり瓢箪のぶんざいで、我らを犬と言ったか。ならば覚悟は出来ているのであろうな⁉」

血の気の多い藤山が青筋を浮かべ、綾部を囲む取り巻きの一人に拳を振り上げた。取り巻きがひぃっと悲鳴を上げて避ける前に、鋼志郎は素早く級友の腕を掴む。

「やめろ、藤山」

「中西…、お前、まさか『姫宮』の肩を持つつもりか？」

「違う。抵抗出来ない無力な人間を一方的に痛め付けては、原因が何であろうと君が責任を問われ、学校を去らねばならなくなるかもしれない。…俺は君まで失いたくない」

血気に染まっていた藤山の厳つい顔から怒気がさあっと抜けてゆき、代わりに哀れみが滲んだ。今にも藤山に加勢しようとしていた級友たちもうなだれる。

皆、鋼志郎が誰を偲んでいるのか察したのだろう。古内と鋼志郎の友誼の深さは周知の事実だったから。

「……そうだな。俺も瓢箪をもいだくらいで退学を喰らいたくはない」

藤山はふうっと息を吐き、腕を引っ込めた。危うく暴力を振るわれるところだった取り巻きも、若くして無念の死を遂げた古内を引き合いに出されては騒ぎ立てられない。これで治まれば良かったのだが。

「っ…、調停者気取りか？　中西。油虫の飼い主が偉そうに」

せっかく鎮まりかけた空気を、綾部が再び波立たせた。油虫とはゴキブリの別名であり、人に付き纏い利を貪る者に対する蔑称でもある。

「油虫とは、誰のことだ」

鋼志郎が問うと、綾部は嬉々として答えた。

「決まっているだろう、あの薄汚い田舎者の古内のことだ。犬の貴様に飼われていたのだから、犬以下の油虫だよ！　ねえ皆？」

同意を求められても、取り巻きたちはあいまいに笑うばかりだ。さすがの彼らも死者に鞭打つ真似は良心が咎めたのか…鋼志郎から発される静かな怒りに本能的な恐怖を覚えたのか。

「あ、あれ？　皆？」

「――取り消せ、綾部」

低く告げた鋼志郎の声は決して大きくなかったが、静まり返った教室に凛と響いた。不可視の刃でも突き付けられたかのように、綾部がひくりと喉を震わせる。

追い詰められた小動物を連想させる仕草にも、鋼志郎は容赦しない。綾部は古内を…鋼志郎の大切な友を愚弄したのだ。

「今の発言を取り消し、古内に詫びろ。さもなくば俺は決して君を許さない」

「ゆ、ゆ、許さない、って、どうする、つもりなんだ。まさか、私を、斬るつもりか？」

綾部はあちこち向いて助けを求めるが、取り巻きたちは気まずそうに顔を逸らしてしまった。藤山や他の級友たちは鋼志郎を援護するように腕を組み、綾部を威圧的に睨み付ける。

「斬るわけがないだろう。勝負なら、学徒らしく学問でするべきだ」

「が、学問、だと？」

「来月は折よく次の定期試験が控えている。俺が君より上位に入れたら、己の非を認め古内に謝罪しろ」

「…な…、何故そうなるんだ!?」

真っ青になってわめく綾部を、鋼志郎はまっすぐに見据える。ようやく冥途に旅立てた古内の死に顔を思い浮かべながら。

「古内は苦しい生活の中でも学べることに感謝し、世のため人のため己を磨き続ける真の学徒だった。俺は学問において、あの男に勝てたためしが無い。その俺に学問で負けたのなら、君こそが古内に劣(おと)る油虫ということになる」

「な、な、なっ…、皇族の血を引くこの私が、油虫だって⁉」

「まだそうだと決まってはいない。俺に勝てばいいだけだ。君なら簡単だろう？」

古内が亡くなる前、綾部は試験でいつも上位十位以内に入っていた。首位は古内、鋼志郎はたいてい二位か三位だったが、操環島に拉致(らち)されてからまるまる一月以上学問から遠ざかった身だ。次の試験なら、実家でも一流の家庭教師を付けられているという綾部の方が有利なはずなのに。

「ば、馬鹿馬鹿しい…そんな、そんな勝負、受けられるものか！」

「綾部くん……？」

「何故そこまで…今の中西にならじゅうぶん勝てるだろうに…」

かたくなに拒む綾部に、取り巻きたちもざわめき出す。

鋼志郎も意外だった。綾部の性格なら、一も二も無く応じると思っていたのだ。むろん、事件を言い訳に負けるつもりなど無いが。

「中西との勝負を受けられぬと言うのなら、お前は非を認め、古内に詫びるべきだな」

藤山が告げ、鋼志郎の級友たちも『そうだそうだ』と大声で賛同する。鋼志郎同様、普段から鍛錬を欠かさない彼らがいっせいに声を上げると異様な迫力がある。

「う……」

その迫力に綾部はたじたじとなっていたが、やがてぶるりと首を振ってから叫んだ。

「……わかった。その勝負、受けよう。ただし」

吊り上がった瞳をぎらんと光らせ、綾部は鋼志郎を指差す。

「私が勝ったなら、お前は私の前にひざまずき、私の靴を舐めて詫びるんだ。犬のぶんざいで高貴なる綾部様を愚弄した罪をお許し下さい、とな」

「綾部、貴様！」

あまりに不遜な物言いに、藤山たちは今にも綾部に摑みかからんばかりに憤るが、鋼志郎が制止するとどうにか退いてくれた。綾部の得意気な顔が曇る。鋼志郎が激昂して勝負を蹴るとでも思ったのだろうか。

「いいだろう。だが俺が勝てば古内の墓前で非を認め、詫びてもらうぞ」

「ぐ…、…お前、一月以上休んでいたくせに、私に勝てると思っているのか？」

「犬と言われようが畜生と言われようが、勝つためなら何でもするのが武士だ。俺も武士の末裔。君に勝ち友の屈辱を晴らすため、全力を尽くそう」

鋼志郎は毅然と言い放った。おお、と藤山たちは歓声を上げ、綾部の取り巻きたちは気圧されたように後ずさる。

「……その言葉、後悔するなよ……！」

綾部は満面に朱を注ぎ、ばっと立ち上がって足早に教室を去っていった。取り巻きたちが慌てて後を追いかける。

「よう言うた、中西！　それでこそ武家の男よ！」

藤山が呵々大笑し、ばんばんと鋼志郎の背中を叩いた。他の級友たちもわっと鋼志郎を取り巻き、興奮の面持ちで続く。

「『武士は犬ともいへ、畜生ともいへ、勝つことが本にて候』。その通り！」

「『姫宮』の顔を見たか？　紅葉よりも真っ赤だったぞ。胸がすいたわ！」

やんややんやと喝采しながら、級友たちは代わる代わる鋼志郎の肩を抱いたり背中を叩いたりと大騒ぎだ。おかげで鋼志郎はすっかりもみくちゃにされてしまったが、悪い気はしない。気のいい級友たちのもとへ帰れて良かったと、心から思える。

……欲を言えば、古内も居てくれたならもっと良かったのだが。

古内の墓前で詫びろと綾部には言ったが、墓の中は空っぽだ。彼の骸は操環島と共に海底へ沈んでしまったから。けれど友を思うこの気持ちは、冥途で眠る古内に届くはずである。

「……だが、本当に勝てるか？　もし万が一、中西が『姫宮』に屈したら……」

興奮がやや冷めた頃、心配性の級友がぽつりと呟いた。綾部が一流の家庭教師に囲まれていることは、彼らも知っている。富裕な家の家庭教師はたいていが高等学校の卒業生だ。試験対策はお手の物だろう。

「何を言う！　そうならぬよう、我らが助太刀するのではないか！」

藤山が声を上げ、沈みかけた空気を沸かせる。

「藤山の言う通りだ。今こそ我らの団結力を見せる時！」

「試験まであまり間が無い。そうと決まったら、さっそく始めるぞ！」

「おう！」

たちまち鋼志郎を囲み、級友たちがそれぞれの参考書や休んでいる間のノートなどを出し合っての勉強会が始まった。


「お帰りなさい、鋼志郎様」

心地よい疲労を覚えながら帰宅した鋼志郎を玄関で出迎えたのは、母ではなく、長い濡れ羽(ぬればね)色の髪の青年だった。帝都では珍しくなくなってきた襯衣(シャツ)にズボンの洋装を、これほど艶めかしく見せるのは彼くらいだろう。ひとふさだけ混じる白い髪さえも婀娜(あだ)っぽい。

「濡羽(ぬれば)、来ていたのか。…母上は？」

「祖母君と銀座に観劇へ。お帰りは遅くなるので、先に休んでいて欲しいと仰(おお)せでした」

濡羽は鋼志郎の帽子を脱がせたり、教科書がぎっしり詰まった重たい鞄を受け取ったりと、新妻のようにかいがいしく動き回る。

そこへ、見上げるほど長身の男が廊下の奥からひょいと顔を出した。

「鋼志郎、新妻気取りの奴は放っておいて早く来い。ちょうど牛鍋がいい塩梅になったところだ」

「天満も来ていたのか」

「そいつに抜け駆けさせるわけがないだろう?」

ニイッと浮かべた笑みは悪辣だが、精悍な顔になまめかしさを添え、見る者の視線を釘付けにして離さない魅力をまき散らしている。母が観に行ったという銀座の劇場にも、これほど魅力的な役者は居ないだろう。襯衣とズボンに細身の胴着という少し崩した洋装が鍛え上げられた長身を引き立て、存在感を増している。

「牛鍋か、いいな」

肉の煮えるいい匂いが漂ってきて、鋼志郎は唇をほころばせた。久しぶりに登校し、勉強会まで開いたので腹がぺこぺこだったのだ。夜はずいぶん冷えるようになってきた昨今、温かい鍋はありがたい。肉ならなおさらである。

「おお……」

濡羽を従えて茶の間に向かうと、ちゃぶ台には七輪が置かれ、大きな鉄鍋いっぱいに美味そうな肉がぐつぐつと煮えていた。野菜は申し訳程度だが、若い鋼志郎には大量の肉が嬉しい。たちまち腹が鳴り、唾がこみ上げてくる。

「待っていてくれ。すぐに着替えてくる」

いい具合に煮えた肉を一秒でも早くかっ込みたいが、母に厳しく躾けられた鋼志郎は着替えもせず食卓につくということが出来ない。急いで自室へ行こうとした鋼志郎を、濡羽が背後から、天満が前から挟み込む。

「ぬ、…濡羽、天満？」

戸惑う鋼志郎には構わず、濡羽はうなじに、天満は制服の襟から覗く首筋に高い鼻先を埋める。くすぐったいのに動けないのは、吹きかけられる吐息の熱と甘さのせいだ。

「……ずいぶんたくさんの男と、戯れていらしたようですね」

しばらくして顔を上げた濡羽が、嫉妬を滲ませて呟いた。天満も不機嫌そうに頷く。

「触れた男が六人、近付いた男が十三人、すれ違った男が三十人以上か。この浮気者め」

「…人聞きの悪い言い方はやめてくれないか」

それではまるで鋼志郎が希代の色事師のようだ。触れた男というのは藤山たちだろうし、学校なのだから大勢の学生に囲まれるのは当たり前である。

「心配なのですよ。近頃の鋼志郎様は、とみに艶めいていらっしゃいますから」

「十代の小僧どもが集う学校なんざ、飢えた狼の巣窟みたいなものだからな」

濡羽と天満の言い分を、大げさなと笑い飛ばすことは出来なかった。今日まさに同じことを級友たちから言われたからだ。

……艶めいた、か。

久しぶりにまみえたせいで勘違いしているのだろうと思っていたが、そうではなさそうだ。真面目一辺倒で色事とは無縁だった自分が艶めいたというのなら、原因は二つ、いや二人しか居ない。

獣の気配を滲ませ、鋼志郎を四本の腕でからめとるこの二人しか。

「……っ…」

天満の瞳の奥に欲情の影がよぎった瞬間、鋼志郎は反射的に唇を薄く開いていた。はあ、と熱い息を吐き、天満がかぶりつくように唇を重ねてくる。

「う…、…っ…、ううっ……」

すかさず濡羽がうなじに吸い付き、甘く歯を立てる。二人がかりで限界まで精を搾り取られるいつものまぐわいに比べればあまりにささやかな触れ合いにすら、敏感さを増すばかりの鋼志郎の肌は火照ってしまう。

「…鋼志郎様っ…」

長い舌で鋼志郎の口内を貪った天満が名残惜しそうに離れると、濡羽が待ちわびたとばかりに入れ替わった。天満よりもしっとりとやわらかな感触は濡羽のものだ。侵入してくる舌を従順に受け容れ、背後へ回った天満に抱き込まれる。

男二人に挟まれ、欲望をぶつけられる。ついさっきまで級友たちと勉学に励んでいたのが夢のようだ。

むしろこちらが夢なのか。いったん引き込まれたが最後、絶対に覚められない――。

「……ん…っ……」

存分に口内を荒らした舌がずるりと出て行くと、物足りなそうな呻きが勝手に漏れた。思わず襯衣を摑んでしまった鋼志郎の手を、苦笑した濡羽が優しく解く。

「そんなお顔をなさらないで下さい、鋼志郎様。今すぐ褥に運んで差し上げたくなってしまいます」

「お前は若いんだから、まずは腹ごしらえをしないとな。……こっちをいっぱいにするのは、その後だ」

天満がうなじにやんわりと歯を立て、制服のズボンに包まれた尻のあわいに指先をめり込ませた。

こぼれそうになった甘い喘ぎを呑み込み、鋼志郎はさっと二人から離れる。幾度も肌を重ねてきたのだから、鋼志郎の身の内に巣食いつつある欲望なんてこの二人にはきっとお見通しだ。だからと言って、羞恥が消えてなくなるわけではない。

「ほら、着替えて来い」

ぽんと天満に背中を叩かれ、鋼志郎は自室に駆け込んだ。

獣のあぎとを逃れたような安堵とかすかな失望を味わいながら、母が用意しておいてくれた浴衣に着替える。制服以外で洋装をすることはほとんど無いので、帯を締めると少しほっとする。逆に和服しか着たことの無かった濡羽と天満は、洋装の動きやすさと利便性に目覚めてからは洋装ばかりだ。

急いで身繕いを済ませて茶の間に戻り、三人でちゃぶ台を囲む。濡羽がお櫃からご飯を茶碗にたっぷり盛ってくれた。炊きたてのご飯の匂いとぐつぐつ煮える鍋の香ばしい匂いが混ざり合い、食欲を煽る。

鋼志郎は行儀よく手を合わせた。

「いただきます」

「おう、いっぱい食べろ」

にかっと笑い、天満が小皿に鉄鍋の肉を取り分けてくれた。ちゃんと豆腐や春菊、椎茸も入れるあたり、おおざっぱそうに見えて意外と心遣いが細やかだ。

「……美味い！」

口の中に入れたとたん蕩けるやわらかな牛肉に、鋼志郎は思わず声を上げた。

文明開化と共に流行し始めた牛鍋は、店によって具材も値段もまちまちだ。中には安いぶつ切り肉に申し訳程度の葱を加え、味噌で味付けしただけという代物もあるが、天満が用意してくれた鍋は極上の霜降り肉を薄く切り、豆腐や春菊などの具材も加え、醤油味の割下で煮込んだ最新流行のものである。きちんとした店で食べたなら、かなり値が張るだろう。

濡羽が嬉しそうに微笑んだ。

「良かった。鋼志郎様ならきっと気に入って下さると思いました」

「濡羽がこの肉を用意してくれたのか？」

「取引先が贈って寄越したので、ぜひ鋼志郎様に召し上がって頂きたいと思い、お邪魔したのですよ。一緒にもらった帝劇のチケットを差し上げたら、お母上様も大変喜ばれ、祖母君様とお出かけになりました」

　なるほど、だから母は留守だったのかと納得する。

　鋼志郎が濡羽と天満を受け容れた後、二人はたびたび豪華な手土産持参で中西家を訪れ、母や祖父母とたちまち打ち解けてしまった。鋼志郎の命の恩人である二人に母も祖父母も最初から好意的ではあったものの、お嬢様育ちの母はともかく、商売人の祖父母まで心を許したのには驚かされたものだ。魅了の力は使っていないというが、本当のところはわからない。

　母は篤志家ということになっている那須野の後継者たる二人に絶大な信頼を寄せており、お二人がいらっしゃるなら安心だからと、二人の来訪時はたまに出かけるようになった。もしかしたら今夜は祖父母の家に泊まるかもしれない。二人の本当の目的を知ったなら二度と会わせてはもらえまいが、濡羽と天満がそんなへまをするわけがない。

「お前は貢がせただけだろう。料理したのはこの俺だぞ」

　天満がぎろりと濡羽を睨む。

　群れるのを嫌い、一人暮らしの長かった天満は一通りの家事を身につけており、特に料理は玄人はだしの腕前だ。帝都に移り住んでからは島よりもはるかに豊富な食材や調理法に魅せられ、あちこちの有名ホテルや食堂を食べ歩き、洋食に西洋菓子などまで作れるようになってしまった。

この牛鍋も、どこかで調理法を学んできたのだろう。鋼志郎のためだと思うと、胸が温かくなる。

「二人とも、ありがとう。今日は疲れたから、二人のおかげで美味い鍋が食べられて嬉しい」

咀嚼した肉を飲み込んでからにっこり笑うと、鋼志郎を挟んで睨み合っていた二人は趣の異なる端整な顔を蕩かせた。濡羽は空になった湯呑に茶を注ぎ足し、天満はいい具合に煮えた肉をいそいそと鋼志郎の小皿に盛る。

「私こそ、鋼志郎様に喜んで頂けて嬉しゅうございます」

「今日から学校だったか。お前が疲れたと言うくらいだから、何かあったんだろう？」

天満に促されるがまま、鋼志郎は綾部とのいきさつを話して聞かせる。相槌役に徹していた二人は、鋼志郎の話が終わるや、はあっと揃って溜息を吐いた。

「……お前ってやつは、いつもそうやって男を誑し込んでやがるんだな」

「誑し込む⁉」

天満のひどすぎる言い分に鋼志郎は目を剝くが、いつもなら全身全霊で鋼志郎を援護するはずの濡羽もうんうんと天満に同調する。

「友情に篤い男というのは、武に生きる男に好かれるものですからね。鋼志郎様は元より級友の中心的人物であられましたが、今日の一件でますます好意と支持を集められたでしょう」

「逆に、その綾部とかいう奴のご同類には敬遠されるだろうがな。まあ定期試験が終われば、きゃんきゃん鳴いてる不遜な仔犬もおとなしくなるはずだ」

「増上慢の仔犬を躾けてやるなんて、鋼志郎様は本当にお優しい」

皇族の血を引くやんごとない華族の令息も、八十年近く修羅場を生きてきた天満と濡羽にかかれば仔犬扱いだ。仔犬の綾部と獣の姿を取った二人を脳内で並べ、その落差に感嘆しつつ、鋼志郎は首を傾げる。

「…君たちは、俺が綾部に負けるかもしれないと心配しないんだな」

仲のよい級友さえ一ヵ月以上休んでいた鋼志郎を危ぶんだのに、学校での鋼志郎を知らぬはずの二人は鋼志郎が勝つと信じて疑わない様子なのが不思議だった。綾部が一流の家庭教師に囲まれていることはちゃんと伝えたのだが。

「私の鋼志郎様が、仔犬ごときに負けるはずがございません」

濡羽は艶然と微笑んで断言し、天満もにやりと笑う。

「お前は二柱の神を倒し、この俺を惚れさせた男だ。仔犬なぞものの数にも入らん」

「君たち……」

二人から寄せられる絶大な信頼に胸が熱くなる。

……俺は、絶対に負けん。

はなから負ける気など無かったが、二人のおかげで確信出来た。鋼志郎は必ず勝つ。そして古内に対する無礼を詫びさせるのだ。

「…それにしても、綾部伯爵家か」

三十分ほど後、空（から）になった鉄鍋を新しい鍋に交換し、慣れた手つきで肉を投入しながら天満が呟いた。繊細（せんさい）そうに見えて細かい作業が苦手な濡羽は手伝いを断固拒否され、仕方なく茶を淹（い）れている。

「知っているのですか、天満」

「ああ。うちが仕切る賭場（とば）の一つに、そこの嫡男（ちゃくなん）が最近ちょくちょく出入りしている。根っからの賭け事狂いで、表の賭場では満足出来なくなったらしいな」

綾部伯爵家の嫡男といえば、綾部の長兄（ちょうけい）だ。綾部とは一回り近く歳が離れており、貴族院議員の父親のもとで次期当主となるための研鑽（けんさん）を積んでいると聞いた覚えがあるが、まさか賭け事狂いとは。

しかも天満が仕切る賭場は、華族がお忍びで訪れるようなお行儀のいい社交場ではない。社会の闇を棲（す）み処（か）とする人間の溜まり場だ。世間知らずの華族の子息がのこのこと赴（おもむ）けば食い物にされるだけだろうと思ったら、その通りだったらしい。

「本人は庶民に化けているつもりみたいだがな、見抜けない馬鹿は居ない。騙（だま）されたふりをして女や太鼓持ちをあてがい、いい気分にさせてがんがん賭けさせてやってるのさ」

その結果嫡男はますます賭け事に耽溺し、週に二、三度程度だった賭場通いがほぼ毎夜になったそうだ。賭場の宿舎に泊まり込み、実家に帰らないことも珍しくないという。

「…それは、家人に気付かれたりしないのか？」

鋼志郎が煮えたばかりの肉を飲み込んでから尋ねると、天満は唇をゆがめた。

「もちろん気付かれているだろうな。何せあの坊ちゃん、最近じゃ金の代わりに家宝の壺やら掛け軸やらを持ち込むようになったから」

「なのに何故、誰も止めないんだ？」

「……政界筋の取引先から聞いたことがあります。先月、綾部伯爵が議会の帰りに意識を失って倒れ、回復したものの半身が麻痺し、病床から起き上がれない状態にあると。症状からして中風（脳卒中）だと思いますが…」

濡羽が教えてくれたおかげで疑問は晴れた。絶対的な権力者である当主が病に倒れてしまった今、綾部伯爵家に嫡男を止められる者は居ないのだ。嫡男もそれをいいことに、病床の父親を放って遊興に耽っているのだろう。

……あいつ、もしかして……。

棘だらけの薔薇のようだった綾部の顔が思い浮かぶ。古内を侮辱したことに対しては怒りしか無いが、いつも以上に食ってかかってきた原因が長兄の愚行だとすれば…。

「同情してやる必要は無いぞ」

ちゃぶ台に酒杯を置き、天満が鋼志郎の顎を掬い上げた。ずいと近付けられた黒い瞳の奥に揺れるのは、嫉妬の炎だ。

「己が不幸だからといって、他人に鬱憤をぶつけていいわけじゃない。綾部の仔犬が不遇なのは、あいつが兄を止められないからだ」

「たとえ相手が次期当主の兄だろうと、止める手段はいくらでもあります。現状に甘んじているのは止められないのではなく、兄の不興を買ってまで止めたくないのでしょうね」

濡羽も珍しく辛らつな口調で同意する。ミアラキ様という理不尽な神にあらがい続けてきた二人にとって、自ら現状を打破しようとしない綾部は軽蔑の対象でしかないのかもしれないが。

……綾部は確か、後妻の子だったはずだ。

噂好きの級友がいつだったか話していた。綾部伯爵の最初の妻は嫡男を産んですぐ亡くなってしまい、数年後に輿入れした後添えが綾部の母親なのだと。だから嫡男と次男の綾部は歳が離れているし、異母兄弟という関係上、あまり強くものを言えないのではないだろうか。

「いけません、鋼志郎様」

濡羽が鋼志郎の手を引き寄せ、指先に口付けた。

「私という者がここに居るのに、また仔犬に同情なさるなんて。……鋼志郎様のお心は、全て私に傾けて下さらなければ……」

「…っ…、濡羽…」

ぐ、と白い歯が指先に食い込む。甘い痛みに振り向こうとしたとたん、天満が唇をぶつけるように重ねてきた。

——目移りは絶対に許さない。

言葉よりも雄弁な、ぎらつく瞳。浴衣の袖をめくり、鋼志郎の指先から腕を舐め上げる濡羽もきっと同じ目をしているのだろう。

「…もう、腹はいっぱいになったよな?」

いったん離れた天満が、鋼志郎の返事を待たずにちゃぶ台を奥へ押しやった。鋼志郎は再び重ねられる唇を従順に受け容れ、背中から回される腕に身をゆだねる。

二人の獣からは逃げられないと、知っていたから。


充実した日々はまたたく間に過ぎ去り、定期試験まであと七日に迫ると、夕方には肌寒さを感じるようになってきた。

授業と勉強会を終え、藤山たちと共に帰途につこうとしていた鋼志郎は、校門を出たあたりでふと思い出す。

「すまん、教室に忘れ物をしてしまったようだ。取って来るから先に帰っていてくれ」

「おお、気を付けろよ」

藤山に手を振って別れ、鋼志郎は教室へ取って返した。最後の授業が終わってだいぶ経つ教室はがらんとして、学生の姿は無い。

自分の机の棚に置き去りにされていたブッセの新しい詩集を、鋼志郎はほっとしながら鞄に入れる。図書室での勉強会の間に見付け、息抜きのつもりで借りておいたのをすっかり忘れてしまっていたのだ。紛失しなくて良かった。

……古内が生きていたら、喜んだだろうな。

洋書はまだまだ高価で、学生の身ではなかなか手が出ない。古内が形見として贈ってくれた詩集は、勉学のかたわら、必死に手間仕事をして稼いだ金でようやく購ったものだと鋼志郎は知っている。

「……、……します。どうか……」

「だから、先ほどから言っているではないか。……が無ければ、私とて……」

自分以外居ない教室を出ようとした時、廊下から話し声が聞こえてきた。とっさに教室へ引っ込んだのは、声に聞き覚えがあったからだ。

……さっきのは綾部と、……津和野理事か？

そっと入り口から顔を覗かせ、目を凝らす。

薄暗い廊下の奥にたたずんでいるのは予想通り、綾部と学校の理事を務める津和野明憲だった。

津和野は柔和そうな顔に口ひげをたくわえ、誂え品の背広をぱりっと着こなした中年の紳士だ。綾部と同じ華族の津和野子爵家の当主でもあるが、決して平民を見下さず、たびたび学校を訪れては学生に親しく声をかけている。鋼志郎も何度か話したことがあった。

鋼志郎たちや平民出身の教師には居丈高な綾部も、同じ華族の津和野にはいつも丁重に接している。だが今日はどこか妙だ。高貴な美貌を青ざめさせ、津和野の背広の腕に縋っている。

「そこをどうかお願いします！　私は、今回ばかりは負けられないのです！」

綾部が津和野の袖を摑んだままがばりと頭を下げたので、鋼志郎は目を瞠った。

相手は同じ華族とはいえ、あの高すぎるほどの矜持の主が頭を下げるとは。いったい何の頼みごとなのだろう。盗み聞きをしているようで良心が咎めるが、あの廊下を通らなければ玄関には出られない。

「先立つものを頂かなければ、私とて口の利きようが無いのだよ。危ない橋を渡らせるのに、無料でとは言えないだろう？」

「それはそうですが…でも今の私には、子爵のおっしゃる金額はとても…」

「…ああ、お父上はお気の毒だったたね。兄君もあの様子では、君もなかなか苦労が多いだろう」

憫笑する津和野は、綾部伯爵の容態ばかりか嫡男の乱行まで知っているようだ。議会の帰りに倒れたという伯爵はともかく、嫡男の行状は伯爵家でも必死に隠しているだろうに。どうやら津和野は皆に慕(した)われる公明正大な紳士ではないらしい。

焦(あせ)りと羞恥(しゅうち)で震える綾部をしばらく無言で見下ろしてから、津和野はやっと口を開いた。

「そういうことなら、私も木石(ぼくせき)ではないからね。苦労している綾部くんのために一肌脱ごうではないか」

「……！　ま、まことですか⁉」

「君に嘘など弄(ろう)さないとも。…ただ、金が用意出来ぬというのなら…」

津和野はにやりと笑い、綾部の耳元で何やら囁いた。さすがにここからは聞き取れなかったが、ろくでもないことなのは確かだ。綾部の横顔がたちまち驚きと嫌悪(けんお)にゆがんだから。

「…そ…っ、そのような真似、出来るわけがありません！」

「ならばどうするのかね？　無理にとは言わないが、どうしても負けられないのだろう？　ほんの一時耐えるだけで願いが叶うというのに、突っぱねるのは愚(おろ)か者の所業(しょぎょう)だよ」

「っ……！」

綾部は掴んでいた袖を離し、さっときびすを返す。だが走り去る前に、津和野が素早く綾部の腕を捕らえた。

「離して下さい！」

「どうやら誤解があるようだから、これから我が家でじっくり話そうではないか。帰りは私の車で送ってあげるから安心しなさい」

綾部が必死に抵抗しても、津和野の手はびくともしない。そういえば津和野は英国に留学経験があり、在学中は狩猟(しゅりょう)やフットボールにも親しんでいたと聞いたことがある。今も引き締まった肉体の主だから、きゃしゃな綾部など簡単に連れ去ってしまえるだろう。

「――おおい、綾部！」

さすがに見過ごすことは出来ず、鋼志郎は教室の後ろ側の扉に回り込んでから廊下へ飛び出した。二人は鋼志郎が教室にひそんでいたことを知らない。これなら廊下を歩いてきて、偶然綾部を見付けたと装(よそお)えるはずだ。

「…な…、中西(なかにし)……？」

「君もまだ残っていたのか。……おや？　そちらにいらっしゃるのは、もしや津和野理事でしょうか？」

首を傾(かし)げながら近付いていくと、津和野は綾部の腕を解放し、何事も無かったかのように微笑(ほほえ)んだ。さっきのやり取りを目撃していなかったら、誰にでも分けへだて無く優しいいつもの津和野にしか見えないだろう。

「おお、中西くんではないか。長らく入院していたそうで心配だったのだが、もう身体はいいのかね？」

「おかげさまで、この通り本復(ほんぷく)いたしました。津和野理事には心配をかけてしまい、申し訳ありません」

鋼志郎は折り目正しく頭を下げた。制服の詰襟から僅かに覗く首筋を見下ろし、津和野は唇を吊り上げる。

「…病み付いたせいか、少し雰囲気が変わったね」

「友人たちからもよく言われます。鍛錬を欠かしてしまったせいでしょう。これから励んで鍛え直そうと思っております」

「いやいや、以前の君は清廉すぎて少々近付きがたいところがあったからね。今くらいやわらかい方がいいと思うよ」

穏やかな微笑みに、以前は無かった粘ついた何かを感じるのはさっきのやり取りを見てしまったせいだろうか。綾部伯爵家が必死に隠しているはずの嫡男の行状を把握しているのだ。少なくとも津和野は、鋼志郎の知る人望篤い教育者ではない。この男からは早く離れるべきだと、死神に鍛えられた本能が警告する。

「ありがとうございます。…そろそろ陽も落ちますし、私と綾部はこれで失礼します。行くぞ、綾部」

返事を待たず、鋼志郎は綾部の手を掴んで早足で歩き出した。綾部も津和野から離れたかったのだろう。いつもなら鋼志郎が触れようものなら大騒ぎだが、大人しく付いて来る。

「…いい加減、離せ」

玄関口までたどり着くと、綾部は鋼志郎の手を振り解いた。仕草こそ乱暴だが、いつもの高慢さは鳴りをひそめており、鋼志郎は戸惑ってしまう。

勝負のかかった試験を控え、いつも以上に遠ざかっていたから、これほど近くで綾部を見るのは久しぶりだ。ただでさえ白い肌はいっそう白く、頬は少しこけ、目元にはくまが刻まれて痛々しい。きっと試験勉強だけではなく、病床の父親や異母兄の放蕩癖にも悩まされているのだろう。そんなありさまで津和野に何を頼み、どんな条件を突き付けられたのか。

「なあ、綾部…」

「――お前、津和野子爵に気に入られたからといっていい気になるなよ」

心配になって話しかけようとしたとたん、きつく睨み付けられた。細い肩をいからせる綾部は、敵を必死に威嚇する仔犬のようだ。

「士族とはいえ、お前は我ら華族とは違う。しょせんは平民どもに交じり、我らに使役される身なのだからな」

藤山あたりが聞けば怒り心頭に発し、摑みかかっていたかもしれない。けれど鋼志郎が覚えたのは疑問だ。

「綾部…君、何故そこまで生まれに固執するんだ?」

「は……っ?」

「人は生まれを選べない。ならば大切なのはどう生まれたかではなく、どう生きるかだろう」

学問とは縁遠かった貧農の生まれの古内が、必死の努力で高等学校へ入学したように。死神

に殺される運命だった鋼志郎が、濡羽と天満の助けを借り生き延びたように。操環島に閉じ込められていた濡羽と天満が、自らの力で外の世界へ飛び出したように。

「俺たち学徒は、その道筋を見定めるために学んでいるのではないのか？」

嫌味でも非難でもなく、純粋な疑問をぶつけたつもりだった。

だが綾部は白い顔をみるみる真っ赤に染め、まなじりを決する。

「…そうやって、私を愚弄出来るのもあと少しだからな」

「いや、愚弄したつもりなど無いんだが…」

「試験当日を楽しみにしていろ。必ず私の前にひざまずかせてみせるからな！」

走り去っていく綾部を、鋼志郎はあぜんと見送るしか出来なかった。


翌日の放課後、書店に寄ろうと誘われ、鋼志郎は藤山と共に学校を出た。

「お前……それはまた罪なことを……」

道すがら昨日の出来事を津和野と綾部の不穏な遣り取りは抜きで話すと、藤山ははあっと大きく溜め息を吐く。精悍な顔立ちは濡羽とも天満ともまるで似ていないのに、綾部との勝負のいきさつを聞いた時の二人がかぶるのは何故だろう。

「罪なこと？　本当のことを言っただけだろう？」

なおさらだ」

「正鵠を射ているからこそ受け容れられぬこともある。綾部のような旧弊に囚われた者なら、なおさらだ」

「…君が綾部を庇うとは、珍しいな」

「あんな『姫宮』でも、さすがに哀れになってきたからな」

藤山は肩をすくめ、ふと思案顔になった。

「しかし、津和野理事と綾部が一緒だったか…。中西よ、少し用心すべきかもしれんぞ」

「用心だと？」

「ああ。…兄から聞いたのだが、津和野理事には剣呑な噂があるのだ」

藤山の兄もまた高等学校の卒業生だ。選良揃いの高等学校は、基本的に実力主義である。成績や素行の悪い者は容赦無く退学を命じられるのだが、藤山の兄の同級生に何人か、授業ではろくに受け答えも出来ないにもかかわらず、試験では平均以上の成績を収めて進級した者たちが居るのだという。

彼らは皆華族であり、実家が津和野子爵家とつながりを持っていたことから、不審な試験結果には津和野が関わったのではないかと噂されたのだ。金銭と引き換えに教師に口を利き、試験問題を漏洩させたのだと。

「むろん噂だ。何か証拠があるわけでもなく、津和野理事の他にも華族出身の理事は居るが、火の無いところに煙は立たぬと言うだろう？」

「……ああ、そうだな」

　頷きつつも、鋼志郎は昨日の津和野と綾部のやり取りを思い出していた。

『そこをどうかお願いします！　私は、今回ばかりは負けられないのです！』

『先立つものを頂かなければ、私とて口の利きようが無いのだよ。危ない橋を渡らせるのに、無料でとは言えないだろう？』

　――あの時、綾部が津和野に試験問題を漏らしてくれるよう頼んでいたのだとしたら？

　津和野が多額の金銭を要求していたのも、綾部があれほど必死だったのもつじつまは合う。

　しかしたかが鋼志郎との勝負のためにそこまでするだろうか。古内の名誉がかかっているのだから、鋼志郎としては負ける気は無い。だが綾部は、勝ったとしても鋼志郎をひざまずかせられるだけだ。

　そんなくだらないことに多額の金銭を費やし、津和野に頭を下げる必要がどこにある？　もしも露見すれば退学は確実、綾部伯爵家の名に泥を塗り、その後の人生にも大きな障害になるだろうに。父と異母兄の件で、ただでさえ大変な中…。

　……仮に試験問題の漏洩を依頼していたのだとしても、綾部には津和野への報酬を支払うだけの余裕が無いようだったな。

　だからおそらく津和野は金の代わりになる何かを要求した。それが綾部にとってはとても受け容れられないことだったから、あそこまで取り乱したのだ。

津和野はいったい何を要求したのだろうか。誰かに相談してみたいが、藤山は無理だ。綾部と津和野のやり取りを聞かせたら、すわ不正かと怒り狂い、級友たちを引き連れて綾部に詰め寄るだろう。

「……あ、あの、中西様……」

目当ての書店のある通りに差しかかった時、背後からか細い声がかけられた。

振り返れば、矢絣(やがすり)に紫の袴(はかま)をつけた少女がふっくらとした頬を染め、鋼志郎を見上げている。知らない少女だが、たぶん近くの女学校の生徒だろう。少し離れたビルディングの陰から友人らしき娘たちが顔を覗かせている。

「俺をご存知なのですか？」

「は、はい。以前お助け頂いて、その時はお名前も伺えなかったのですが、友人に話しましたら、きっと高等学校の中西鋼志郎様であろうと」

「おお、さすがは我らが中西。花の女学生にも名を馳(は)せておるとは」

藤山が目を輝かせ、友人らしき娘たちが少女を励ますように握り締めた拳(こぶし)を振る。鋼志郎の名を教えたというのはきっと彼女たちだろう。やはり見知らぬ娘ばかりだが、関わりの無い女学生が何故か鋼志郎を知っているのはよくあることなので驚かない。

「以前助けた……ひょっとして、丸善(まるぜん)の近くでたちの悪い輩(やから)に絡まれていた？」

「そう、そうです！　あの時は本当にありがとうございました。恐ろしい思いをいたしましたが、中西様が追い払って下さったおかげでこうしてつつがなく過ごしております」

少女は破顔し、懐から白い封筒を取り出した。中西鋼志郎様、と流麗な文字で宛名が記されている。

「それで、その……よろしければ、このお手紙を読んで頂いて、今度、私にお付き合い頂ければと……」

「おおおお！　中西、花の乙女のお誘いを受けねば男がすたるぞ！」

藤山が興奮し、ビルディングの陰の娘たちも勢いよく頷く。どうしたものかと困り果てた時だった。少女と鋼志郎の間に長い黒髪の男が割り込んできたのは。

「――申し訳ありませんが」

玲瓏たる声を発した男に、少女の…否、鋼志郎以外の全員の眼差しが吸い寄せられた。風も無いのにさらりとなびく黒髪。そこにひとふさだけ混じる白い髪。

「……濡羽？　どうしてここに……」

鋼志郎の問いには答えず、濡羽は少女に微笑みかけた。

「鋼志郎様のお身体には、すでに一生分の予約が入っております。貴方の入る余地などありません。……おわかり頂けますね？」

身も蓋も無い言い方にもかかわらず、少女は傷付くどころかうっとりとした表情で頷き、差し出そうとしていた手紙を懐にしまった。ふらふらとした足取りで友人たちのもとに戻り、そのまま皆でどこかへ去っていく。藤山も一緒に。

「おい、藤山!?」

目当ての書店はすぐそこなのに、どこへ行こうというのか。とっさに伸ばした腕を濡羽に掴まれ、引き寄せられる。

「鋼志郎様はこちらですよ」

「濡羽…っ…」

抗議する鋼志郎を片腕で抱え、濡羽は近くの瀟洒なビルディングに入っていった。誘拐まがいの光景に周囲の人々は騒ぎ立てるどころか、一瞥もくれずに通り過ぎてゆく。

……もしや、これが魅了の力なのか?

狗神族に伝わるという魅了の力を使ったのでもなければ、この異様な状況に説明がつかない。

鋼志郎は不安に襲われた。濡羽の魅了の力は特に強く、魅了された者は濡羽のことしか考えられなくなり、濡羽の命令には何でも従うようになると天満は言っていたはずだ。あの少女や藤山たちがそんな状態に陥ってしまったら…。

「ご心配には及びません。だいぶ弱めて力を使いましたから、今日の記憶があいまいになる程度です」

鋼志郎の不安を見透かした濡羽に告げられ、ほっとしたのもつかの間。鋼志郎は一階奥の部屋に連れ込まれた。舶来品とおぼしき調度が揃えられた室内は一見、敏腕弁護士の構える法律事務所か何かだが、そんなわけがない。革張りのソファに腰を下ろし、仏頂面(ぶっちょうづら)で長い脚を組んでいるのは天満…那須野(なすの)の負の側面(そくめん)を受け継いだ男だったのだから。

「天満まで、どうして…」

呆然とする鋼志郎は天満の横に下ろされた。濡羽がその隣に座るのを待たず、天満は鋼志郎の唇にかぶり付く。

「っ……、ん、う…っ…」

肉厚な舌に口蓋(こうがい)をねっとりとなぞり上げられる。

甘い疼(うず)きが背筋を駆け抜け、分厚(ぶあつ)い胸板を押しのけようとしていたはずの手はいつの間にか天満の胴着(どうぎ)を握り締めていた。まるで縋るように。

「……本当にお前は、一秒だって目が離せない」

濡れた唇をいったん離し、天満は互いの額をくっつけた。黒い瞳は炯々(けいけい)と底光りし、鋼志郎を捕らえて放さない。

「…な…んの、…こと、…だ…」

「これだけ俺たちの匂いを纏(まと)わせてるっていうのに、鼻の悪い人間どもは気付かないのか。もう、いっそ……」

天満が苛立たしげに口走った呟きは聞き取れなかった。濡羽が床にひざまずき、そっと開かせた脚の間に入り込んできたせいで。

「……あぁ…っ！」

手際よくズボンの前をくつろげられ、下帯の中から取り出された肉茎が濡れた熱い粘膜に包まれた。思わず視線を股間に向け、鋼志郎はかっとのぼせてしまいそうになる。肉茎にしゃぶり付く濡羽の双眸が、あまりになまめかしくて。

——愛しい鋼志郎様。

雄弁な眼差しに呑み込まれかけると、舌打ちの音が聞こえ、無理やり天満の方を向かされた。再び重ねられた唇から熱い舌が入ってくる。びくりと震えた肉茎を、濡羽が負けじと深く咥え込む。

「う……、……ぅ……」

下肢を濡羽に、上半身を天満に捕らわれては身じろぎすら出来ない。

唯一自由になる目を窓の外に向ければ、さっきまで藤山と共に歩いていた通りが見えた。今日に限らず、この界隈は友人たちと放課後よく出歩く。

もしや天満と濡羽はそれを知っていて、ここに事務所を構えたのだろうか。鋼志郎の行動を監視するためだけに？

……いや、いくらこの二人でも、そんな……。

思考をめぐらせる余裕はすぐに奪われた。口内に突き入れられる舌と、肉茎を熱心に頬張る唇によって。

静まり返った事務所に満ちる、三人分の熱気。唇と股間から漏れる、濡れて粘ついた音。

「…う…、……ん…っ！」

頭が朦朧となりかけた時、鋼志郎は濡羽の口内で絶頂を迎えた。ぶちまけた精はひとしずくも残さず濡羽に受け止められ、極めた余韻にわななく唇は天満に味わわれる。

もはや己を支えることも出来ず、くずおれそうになった身体は天満に抱き取られた。乱れた下帯とズボンを手早く元に戻した濡羽が隣に座り直し、背中から腕を絡める。獣の巣穴に引きずり込まれたような危機感と、全身を守られる安堵が同時に鋼志郎を包む。

「忠告だ、鋼志郎。……津和野明憲には近付くな」

ようやく離れた天満が鋼志郎のうなじをやんわりと噛んだ。痛みではなくその囁きに、鋼志郎はびくりと震える。

「…何故、君が津和野理事を知っているんだ」

天満も濡羽も答えないが、その沈黙こそが鋼志郎の予想を裏付けた。

津和野はやはりただの善良な教育者ではないのだ。天満の…闇社会に住まう者の目に触れる、裏の顔を持っている。

「愛しい鋼志郎様。…私たちは貴方を、なるべく長い間、陽の当たる世界で生かして差し上げたいと思っているのです」

濡羽がうっとりと頬を鋼志郎の背中に擦り寄せた。長い黒髪がさらさらと制服を滑り、ゆかしい香りが漂う。

「これでも我慢しているんだぞ。仔犬との勝負まで、お前に負担をかけまいといじましく指を咥えて待つくらいにはな」

天満の吐息がうなじをくすぐる。

鋼志郎ははっと思い出した。三人で牛鍋を囲んだあの夜以来、天満と濡羽は手土産片手に中西家を訪れることはあっても、長居せずさっさと引き上げていたことを。つまりあの夜から軽い触れ合いくらいで、一度も抱かれていない。

二人とも忙しいのだろうと思っていたけれど、鋼志郎が試験勉強に専念出来るように配慮してくれていたというのか。…鋼志郎の身の周りには、きっちりと目を配りながら。

「私は良く出来た情人だと思いませんか？」

「俺はなかなかいい子だろう？」

二人の獣の囁きがじわじわと鼓膜に染み込み、侵してゆく。津和野と遭遇したことを知るのは綾部と藤山だけだ。綾部は二人と面識は無いだろうし、藤山に津和野の件を話したのはついさっきである。二人はどうやって鋼志郎と津和野の関わりを知ったのだ？

「どうか、いつまでも安心して貴方を見守らせて下さいね」

濡羽のてのひらが制服の上から胸をまさぐり、天満の舌がうなじをねっとりとなぞる。

「俺たちをいい子のままでいさせられるかどうかは、お前しだいだぞ」

馴染んだ温もりに前後から包まれているのに、鋼志郎はぞくりと背筋を震わせずにはいられなかった。

人間と同じ姿をしていても、二人は人間ではない。

獣の本性を内に秘めた一族――狗神族の最後の生き残りなのだ。


明くる日、学校に現れた藤山はいつもと変わり無く、鋼志郎はほっと胸を撫で下ろした。藤山の記憶では鋼志郎と書店を訪れた後、一人で帰宅したことになっているようだ。当然、あの女学生とおぼしき少女についても覚えていなかった。

きっと少女も友人たちも、勇気を出して鋼志郎に声をかけたことは覚えていないだろう。もしかしたら鋼志郎の存在すら頭から消えてしまったかもしれない。

……濡羽、天満……。

二人を思い浮かべると胸がきゅっと痛む。

あの後、鋼志郎は二人の呼んでくれた俥で帰ったけれど、二人は付いて来ようとはしなかった。試験まであと五日。全ての試験日程が終わるまでは姿を現さないつもりなのだろうか。鋼志郎を手加減無く貪ってしまわないように。

だとすればありがたいはずなのに、五日も二人に会えないと思うと胸の奥に冷たい風が吹くようなうすら寒さに襲われるのだ。

綾部との勝負がかかった試験よりも、昨日の二人の方が気になって仕方ない。こんな気持ちになるのは生まれて初めてだ。

一時限目の始まる前に、鋼志郎は手洗いに立った。このまま上の空で授業を受けたら、きっと教師から咎められてしまう。冷たい水で顔を洗えば少しはしゃっきりするかもしれない。

「……おい、中西」

濡れた顔を拭きながら手洗いを出ると、綾部が待ち受けていた。いつもの取り巻きたちの姿は無い。教室を出る鋼志郎をこっそり追いかけてきたらしい。一昨日からずっと無視していたくせに、どういう風の吹き回しだろうか。

「どうしたんだ、綾部」

「話がある。付いて来い」

鋼志郎が答える前に、綾部は近くの空き教室へ入っていく。応じる義理など無いが、鋼志郎も後に続いた。ますます細くなった綾部の背中が、今にもぽっきりと折れてしまいそうだったから。

分厚いカーテンが閉ざされた空き教室は朝でも薄暗く、掃除の行き届かない床にはあちこちに綿埃が落ちていた。いつもの綾部ならぶうぶうと文句を垂れそうだが、今日の綾部は思い詰めたような顔で鋼志郎だけを見上げている。

切れ長の双眸は血走り、頬はさらにこけてしまったようだ。大丈夫か、と思わず問いかけそうになり、鋼志郎は言葉を呑み込んだ。自分に心配されても、綾部は憤るだけだろう。

「それで、話とは？」

「……」

綾部は拳を握ったり開いたりをくり返し、あちこちに視線をさまよわせる。時折震える唇はいつまで経っても閉ざされたままだ。

授業の開始まであまり余裕は無い。焦れた鋼志郎が立ち去ろうかと思った時、綾部はようやく口を開いた。

「……頼みが、ある」

「頼み？　…君が、俺に？」

頼み事など許される立場だと思っているのか、という言外の非難を感じ取ったのだろう。綾部は屈辱に頬を染めながら、予想外の行動に出た。

「──頼む！　今宵、私と一緒に津和野子爵の屋敷に来てくれ。この通りだ！」

額が膝につきそうなほど深く、がばりと頭を下げたのだ。華族に生まれなければ人間ではないと言い放ち、華族以外の生徒は近寄せもしなかった綾部が、さんざん馬鹿にしてきた鋼志郎相手に。

「…何故俺が、君と共に津和野理事の屋敷へ行かなければならないんだ？」

問いかけつつ、鋼志郎は冷静に頭脳を働かせた。

先日の不穏なやり取り。藤山が教えてくれた津和野の噂。濡羽と天満の忠告。今までに得た情報を組み合わせれば、導き出される答えは――。

「……依頼を、取り消すためだ」

ゆっくりと顔を上げ、綾部は拳を震わせた。

「ここだけの話だが、津和野子爵は教師に口を利き、華族出身の生徒に試験問題を漏洩させている。むろん、多額の報酬と引き換えだ。…私もたびたび、その恩恵にあずかってきた」

「たびたび、ということは…」

「私が上位に入ってこられたのは、子爵から事前に試験問題を流してもらったおかげだ。私の実力ではない」

断言され、鋼志郎は驚いた。津和野が試験問題を漏洩させていたこと、綾部がその『顧客』の一人であることは予想出来ていたが、これほどあっさり認めるとは思わなかった。しかも先日だけではなく、前々から不正を働いていたとは。

「……最初に依頼したのは私ではない。御父様だ」

無言の鋼志郎に軽蔑されたと思ったのか、綾部は顔を逸らし、早口で説明した。

綾部の父、綾部伯爵は息子以上に華族を尊ぶ気持ちが強く、皇族の血を引く綾部家の男子が成績において士族平民に劣るなど許されないと思ったらしい。試験が行われるたび縁戚でもある津和野に依頼し、問題を流させた。

事前に試験問題が判明しているのだから、綾部は常に満点を取ることも出来たが、わざと何問か間違えて解答しておいたそうだ。常に満点ではあらぬ疑いを招くかもしれなかったし、綾部にも意地があった。幼い頃から英才と誉めそやされた自分なら、不正などせずとも自力で首位を取れるという。

しかし絶対権力者である父には逆らえなかった。満点を取らなかったのは、父に対するささやかな反逆でもあったのだ。

「…だが世の中は広かった。そうやってわざと手を抜いた私の得点を、古内(ふるうち)とお前は軽々と追い抜いてみせた」

やつれた横顔が屈辱にゆがみ、鋼志郎は得心(とくしん)した。綾部が古内や鋼志郎をことさら貶(おとし)めてきたのは、華族ではない者が、不正をした自分より実力で上位に立ったからだったのだ。

「古内も俺も、労(ろう)せずして上位に入ったわけではないぞ。特に古内は書生として家事を手伝い、手間仕事をこなしながら必死に机にかじり付いていた。あいつの成績は蛍雪(けいせつ)の功(こう)だ」

「わかっている。…だからこそ虚(むな)しくなった」

津和野の力を借りなければ、自分は華族でもない二人と同じ位置にも立てない。実力だけで勝負すれば確実に負けてしまう。

己が井の中の蛙(かわず)に過ぎなかったと悟(さと)った綾部は、もはや津和野の力を借りることに抵抗もためらいも覚えなくなった。試験が近付けば津和野に協力を仰ぐのが当然になっていった。

だが綾部伯爵が倒れ、嫡男の異母兄が実権を握ったことにより全てが変わってしまった。異母兄の放蕩により、津和野への報酬が支払えなくなったのだ。

そこへ持ち上がった鋼志郎との勝負。今回の試験だけは負けるわけにはいかない。思い詰めた綾部は津和野に懇願した。父が回復したら必ず報酬を払うから、今回は無料で試験問題を流して欲しいと。鋼志郎が二人を目撃した、あの日のことだ。

けれど津和野はにべもなく断った。そこまでは鋼志郎も知っている。

わからないのはその先…津和野が金銭の代わりに要求したものの正体だ。ほんの一時耐えるだけで願いが叶うと、津和野は言っていたが…。

綾部はうつむき、消え入りそうな声を出した。

「子爵は私に、……一夜の慰み者になれと仰ったのだ。そうすれば教師に口を利いて下さると」

「っ…、何だと…?」

「もちろん断った。誇り高い綾部家の男子が、男娼の真似事など出来るわけがない。今回ばかりは己の実力で勝負するしかないと覚悟を決めた。だが…」

津和野は翌日から、綾部に脅しをかけてきたという。自分の要求を呑まなければ、金で試験問題を買っていたことを級友たちにばらすと。むろん自分の関与は伏せた上でだ。綾部伯爵が病床にある今なら、後ろ盾が居ないも同然の綾部を好きに出来ると踏んだのだろう。

「…それで、君はどうするんだ？」

鋼志郎が問うと、綾部はぐっと唇を噛んだ。

「脅しには屈さない。断るつもりだ」

「今までのことが露見しても、か？」

「この期に及んではもはや是非も無い。もとはと言えば、悪いのは御父様に逆らえなかった私なのだ。不正の誹りも、退学処分も甘んじて受ける覚悟だ」

「綾部……」

父親からの抑圧があったとはいえ、古内に対する仕打ちや不正は断じて許されない。だが綾部はあやまちを悔い、非難の渦に身を投じることを覚悟で津和野の脅しをはねのけようとしている。

「津和野子爵からは今宵、屋敷へ来るよう命じられている。…断れば、何をされるかわからない。子爵の屋敷には常に兵士崩れの用心棒が控えているからな」

「だから、俺に共に来て欲しいと？」

「おこがましい願いであることは重々承知している。だがこのようなこと、お前以外に頼める者は居ないんだ」

病床の父親にも、放蕩ざんまいの異母兄にも相談など出来ない。事実を打ち明けられれば、取り巻きたちは綾部を助けるどころか離れていくだろう。警察などもってのほかだ。

追い詰められ、どこにも逃げ場が無い。誰にも頼れない。

自業自得だと突き放すことは、鋼志郎には出来なかった。ほんの少し前まで、鋼志郎も同じ境遇だったから。

中西家の血筋に取り憑いた死神。濡羽と天満に出逢えたから、鋼志郎は死の運命から逃れられた。けれど綾部には誰も居ない。

——忠告だ、鋼志郎。……津和野明憲には近付くな。

天満の忠告が脳裏をよぎった。綾部の頼みを受け容れれば、忠告にそむくことになる。

背筋が冷えるのを感じながらも、鋼志郎は気付けば頷いていた。

「……わかった。何時に行けばいいんだ？」

「い、行ってくれるのか!?」

「狼藉を受けると承知で見捨てるのは武士道にもとる。……ただし、古内にはきちんと詫びてもらうぞ」

鋼志郎が念を押すと、綾部は喜色満面で鋼志郎の手を握り締め、何度も上下させた。

「わかっている。皆の前で今までの不正を明かし、古内にもちゃんと詫びる！ …だから頼む、私を救ってくれ！」

夜の七時頃、鋼志郎は綾部と共に伯爵家の馬車で津和野の屋敷へ向かった。

麻布の一等地にある津和野の屋敷は、英国からわざわざ設計士と職人を招いて建てさせたという本格的な洋館だった。濡羽と天満が那須野から受け継いだ洋館よりこぢんまりとしているが、絢爛豪華さの代わりに品格が漂い、いかにも華族の住まいといった瀟洒なたたずまいだ。

「綾部様、中西様。ようこそいらっしゃいました。旦那様がたはすでにお待ちでございます」

玄関ホールで初老の家令に恭しく出迎えられ、鋼志郎は戸惑う。今宵招かれたのは綾部一人のはずなのに、どうして家令が鋼志郎の名まで知っているのか。

「どういうことだ、綾部。まさか津和野理事に俺が同行すると報せたのか？」

そんな真似をすれば、警戒した津和野が用心棒を増やしかねない。家令に聞こえないよう耳打ちするが、綾部は黙ったまま答えず、案内に立った家令を追っていってしまう。

――ここは危険だ。一刻も早く去れ。

死神に鍛えられた勘が警告を発する。しかし後ずさろうとした鋼志郎の背後を、長身の使用人が数人がかりでふさいだ。

お仕着せを纏ってはいるが、気配や体格からして相応の武術の遣い手だ。一対一なら負けなくても、いっせいに襲いかかられたらひとたまりもない。

「どうぞ、お進み下さい」

低く促され、鋼志郎は不穏な気配を感じつつも従った。ここで揉めても取り押さえられるだけだ。ならば今は体力を温存し、ここぞという時に発揮する方がいい。

家令と綾部は玄関ホールでも壮麗な応接間でも止まらず、とうとう屋敷を通り抜けてしまった。外は高い塀に囲まれ、木々がまばらに生えた草原が広がっている。奥の塀まで二十七間(約五十メートル)はありそうだ。確実に建物の面積よりも広いだろう。少し離れた壁沿いに庶民の家くらいの大きさの小屋が建っていた。

あちこちで焚かれた篝火が夜の闇をあかあかと照らす。

庭園と呼ぶのもおこがましいそこでは数人の紳士が輪になり、談笑していた。皆、鳥打ち帽に毛織物の上着とズボンを纏い、革の長靴を履いている。あれは確か西洋の貴族が狩猟に赴く際の出で立ちではなかったか。胴長で短足だったり、腹がぽっこりと出ていたりする彼らには似合っているとは言いがたいが。

「おお綾部くん、中西くん！　待っていたよ！」

輪の中心に居た津和野がぱっと顔を輝かせた。こちらも狩猟服姿だ。手には真新しい猟銃が握られている。

「ほお、こちらがかの綾部伯爵家の『姫宮』ですか。噂以上ですなあ」

「いやいや、隣の少年も勝るとも劣らずですぞ。凜々しさと潔癖さの中にも艶がある」

「どちらも極上の獲物になってくれそうだ。やはり子爵は趣味がいい」

津和野を囲む紳士たちから次々と歓声が上がる。

欲望混じりの脂ぎった眼差しで舐め回され、鋼志郎はおぞましさに身を震わせた。

彼らの言っていることなど理解出来ない――したくもないが、確実にわかることがある。鋼志郎は綾部に謀られたのだ。綾部はここで何が起きるか…どんな目に遭わされるかわかっていて、鋼志郎を連れて来た。

「綾部……」

「子爵、中西を連れて参りました。これで私は獲物を免除して下さるのですよね？」

どういうことだと問いただす前に、綾部が媚びた表情で津和野に擦り寄った。津和野は綾部の頭をぽんぽんと撫でる。

「悪い子だ。中西くんには何も言わずに連れて来たのだね？」

「だって、本当のことを告げればいくらお人好しの中西でも絶対に付いて来てくれません。それに、無垢な獲物の方が狩るのは楽しいのでは？」

「ははは、その通りだな」

腹を揺らして笑う津和野に他の紳士たちも続く。

困惑しているのは鋼志郎だけだ。いったい彼らは何が楽しくて笑っているのか。この異様な空間で。

「だが中西くんが何も知らぬままというのも可哀想だ。綾部くん、説明してやりたまえ」

「はい、子爵」

綾部は従順に頷き、津和野の陰から鋼志郎に視線を向けた。やつれた美貌にはかすかな罪悪感と、まぎれもない愉悦が滲んでいる。

「怖い怖い。今にも斬り殺しそうな顔をするなよ、中西。考えようによっては、これはただの士族のお前が華族の後ろ盾を得られるかもしれない好機なんだぞ」

「…好機だと？」

「津和野子爵は英国で狩猟に目覚められてな。帰国されてから同好の士を集め、こうして定期的に狩猟会を催されているのだ。どなたも由緒正しい華族であられる」

綾部と鋼志郎をにやにやと眺めていた紳士たちが声を上げた。

「そう！　我らは人呼んで狩猟紳士！」

「狩るのはもっぱら若く活きのいい二本脚の雄鹿ばかりだがな」

「まあまあ、鹿狩りは英国貴族のたしなみよ！」

どっと笑う彼らに貴族らしい品格は欠片も無い。本物の英国貴族が見たら怒り狂うだろう。

……こいつらは……。

狩猟会だの貴族のたしなみだのとほざくが、要は鋼志郎のような少年…二本脚の雄鹿を獲物に見立て、狩りの真似事に興じているのだ。

本当に狩りをするわけではあるまい。いくら彼らが華族でも、高等学校の生徒を殺めたり怪我をさせたりすれば、隠蔽は難しい。

彼らの——津和野の目的は。

「気負わなくていいのだよ、中西くん」

津和野が自慢の口ひげをしごき、草原を見回した。

「君はここを存分に逃げ回り、私たちを愉しませてくれればいいだけだ」

「もちろん捕まった後は、別のお愉しみが待っているがねえ」

太鼓腹の紳士が腰をかくかくと突き出す露骨な仕草を披露し、他の紳士たちが爆笑した。

えずきそうなほどの嫌悪を覚えつつも、鋼志郎は予想が的中してしまったことを悟る。…津和野たちは獲物に見立てた少年をさんざん追い回し、捕らえた後は凌辱するつもりなのだ。

しかも彼らの様子からして、この悪趣味極まりない狩猟会はきっと今日が初めてではない。今までも何人もの少年たちがさらわれ、あるいは弱みを握られて連れて来られたのだろう。そしてその後は、津和野の権力や金で泣き寝入りさせられたに違いない。

鋼志郎は怒りに燃える目で綾部を射貫いた。

「…津和野理事に脅されているというのは、嘘だったんだな。本当は試験問題を流してもらうのと引き換えに狩猟会の獲物になるよう迫られ、一度は断ったが、己の代わりに俺を差し出そうともくろんだのか」

「…っ…、お前、まさか…」

「君と津和野理事のやり取りは最初から見ていた。たまたま教室へ忘れ物を取りに戻ったら君たちがやって来たので、出るに出られず隠れていたんだ」

「……そうか。では何もかも知っていて黙っていたということか」

はっ、と綾部は鼻先で嗤った。『姫宮』には相応しくないすさんだ笑みだ。

「因縁深い相手でも、恥をかかせるのは哀れだと思ったか？　相変わらずお優しいことだな」

「綾部、君は…」

「古内や藤山のような卑しい油虫どもはそういうお前が好ましいのだろうが、私は大嫌いだ。…お前など、ずたずたに引き裂かれてしまうがいい！」

ひとしきりけたけたと笑い、綾部は屋敷の中へ引き上げようとした。その細い腕を津和野が摑み、引き寄せる。

「待ちたまえ、綾部くん。君の出番はこれからだよ」

「え？　…で、ですが、身代わりに中西を連れて来れば、私は獲物を免除して下さると…」

「免除を考えてもいい、と言ったんだ。免除すると約束した覚えは無いよ」

残酷な宣言に、綾部の顔から血の気が引いていく。

「子爵は悪い大人だなあ」

「いやいや、簡単に人を信じてはいけないと教えてあげるのも大人の務めですよ」

にやにやと笑う紳士たちは、表では地位も名誉もある名士なのだろう。なのにどうしてこんな非道かつ破廉恥な真似に及ぶのか、鋼志郎には理解出来ない。したくもない。

「は、放せ！　放してくれ！」

じたばたともがく綾部を、使用人が草原の奥へ引っ立てていく。

「中西…っ…、助けてくれ……！」

必死に手を伸ばす綾部を無視し、鋼志郎は素早く視線をめぐらせた。草原をぐるりと囲む塀は鋼志郎の身長の倍近い高さがあり、足掛かりになりそうなものも、切れ目も無い。よじ登るのは難しいだろう。屋敷に通じる扉の前には、家令と屈強な使用人たちが控えている。

「無駄だよ、中西くん。君は逃げられない」

津和野が家令に合図を送った。心得た家令が壁沿いの小屋の鉄扉を開け放つと、何頭もの大型犬が唸りを上げながら飛び出してくる。

「待て！」

津和野の命令に従い、大型犬たちはぴたりと停止した。だが異様なまでに輝く目は連れて行かれる綾部と、鋼志郎を忙しなく見比べている。まるでどちらが美味しい獲物か、品定めでもするかのように。

「その犬たちは私が選りすぐった猟犬でね。私や使用人、お客様以外の動く対象をどこまでも追い詰めるよう躾けてあるんだよ。狩猟には猟犬が付き物だからね」

足元に寄ってきた猟犬の頭を撫でながら、津和野は誇らしげに鼻をひくつかせる。

「私は英国で狩猟の素晴らしさに目覚めたんだ。獲物を追い、狙いを定め、撃ち抜く快感と脳髄が痺れるような緊張感…君にもぜひ味わって欲しいんだよ」

「…本気でおっしゃっているのですか？」

「むろんだとも。狩猟の素晴らしさを本邦にも広めることこそ我が崇高なる義務だと思っているよ」

津和野が胸を張り、紳士たちも『さすが子爵！』『その通り！』などと興に乗ってはやし立てた。醜悪極まりない集団を、鋼志郎は嫌悪もあらわに見据える。こんな俗物どもに払う敬意など無い。

「虚言を弄するのはいい加減にしたらどうだ」

「……何？」

「本当に崇高な、俯仰天地に愧じざる義務だとほざくのなら、外で堂々と開催すればいい。そうしないのは、弱き立場の少年を追い詰め、よってたかって玩弄するだけの醜悪な催しだと自覚しているからだろう？」

猟銃を所持し、獰猛な猟犬たちを従えた権力者が相手でも、鋼志郎は不思議なくらい恐怖を感じなかった。もっと恐ろしく、人の身ではあらがうことすら出来なかったモノを知っているから。

死神、ミアラキ様……獣の本性に戻った濡羽と天満。

鋼志郎の鋭い舌鋒に貫かれ、つかの間、紳士たちは黙り込む。

「ふ、……はっはっはっ！」

沈黙を破ったのは津和野の哄笑だった。愉快そうにゆがんだ顔を彩るのは、怒気混じりの歓喜だ。

「これはいい！　こういう青臭い獲物を従順に躾けるのもまた狩猟の醍醐味だ。…皆、そうだろう？」

「そうだ、そうだ！」

気圧されていた紳士たちがいっせいに気炎を吐いた。高まる熱気に触発されたのか、猟犬たちもけたたましく吠える。

「おい、皆にあれを」

津和野が顎をしゃくると、家令が使用人と共に運んできた猟銃を紳士たちに渡していく。受け取った紳士の一人が少しもたつきながらさっそく構え、綾部が連れて行かれた方角に銃口を向けた。

ドウッ！

「ひいいっ⁉」

稲妻にも似た銃声と、離れた木の陰に隠れていたらしい綾部の悲鳴が重なった。泡を喰って逃げ出す綾部を指差し、紳士たちはけらけらと笑う。

「おお、活きのいいことだ」

「これだから子爵との狩猟はやめられませんなあ」

　人に向け発砲しておきながら笑っていられるなんて、正気ではない。彼らは人の姿をした獣だ。

「安心したまえ。装填されているのは実弾ではなく、ゴム弾だ。よほど当たり所が悪くない限り死んだりはしないよ」

　津和野はそうのたまうが、実弾でなくとも当たればかなりの激痛に襲われるはずだ。死ななくても、心身共に癒えない傷を負った少年も居るに違いない。

　……許せん。

　こんな男が教育者面をしてのうのうと生き延びるなんて、許されてはならない。何としてでもこの虎口を逃れ、津和野の罪を白日の下にさらさなければ、犠牲者はこれからも増え続ける。

「ああ……いいね」

　津和野の唇が喜悦に吊り上がる。

「正義感と理想に燃えるその顔を、これからひいひい泣かせてぐちゃぐちゃにしてやれると思うだけで血沸き肉躍る。狩猟会を催してきた甲斐があるというものだ」

「子爵、もういいですか？　あんないい鳴き声を聞かされたら、私はもう我慢の限界ですよ！」

　さっき発砲した紳士が綾部の逃げていった方を熱っぽく見詰め、懇願する。他の紳士たちも綾部と鋼志郎をそわそわと見比べ、落ち着かぬ様子だ。

「紳士諸君、お待たせして申し訳無い。ここに狩猟開始を宣言する！」

津和野が高らかに告げると、紳士たちは歓声を上げて草原へ散っていった。四、五人が綾部の方へ、残りの三人は鋼志郎の方へ。欲望に目をぎらつかせ、猟銃を構えて突進してくる。

「オン、ウォオンッ！」

動き出したのは人間だけではない。猟犬たちも放たれた矢のごとく走り出す。

獲物を囲んで四方八方から襲いかかり、動けなくしたところで人間たちがとどめを刺すつもりなのだろう。わめき散らしながら逃げまどっていた綾部は早くも壁際に追い詰められ、ゴム弾を四肢（しし）に受けてしまう。

「ぎゃああっ！」

「おおっ、当たった！　私が当てたのだから、私からだ！」

「いいや私だ！」

絶叫する綾部に紳士たちが我先にと群がった。

鋼志郎は懐（ふところ）に隠していた脇差（わきざし）を抜き放ち、身構える。猟犬たちの次の標的は自分だろうが、黙ってやられるつもりは無い。

「なっ、武器を隠し持っていたのか⁉」

「これだから士族は！　神聖なる狩場に武器を持ち込むとは何と野蛮（やばん）な…！」

鋼志郎を狙っていた紳士たちから、まるで自分たちは穢（けが）れを知らない高潔な存在だと言わんばかりの糾弾が飛ぶ。兵士崩れの用心棒が居ると聞いていれば武器くらい隠し持つし、襲われれば反撃するのは士族でなくても当たり前だろうに。

……来るなら、来い！

鋭い牙を剝き出しにした猟犬も、猟銃を持った人間も、不死たちに囲まれたあの時に比べたら何も怖くない。鋼志郎は鋭く猟犬たちを見据える。

「ガ……、ウゥウッ……」

すると今にも鋼志郎に襲いかかるはずだった猟犬たちはびくんと身を震わせ、いっせいに伏せてしまった。ぺたんと寝た耳は、彼らの怯えを示している。

「お前たち、何をしている？　襲え！　襲うんだ！」

津和野が何度も命じるが、猟犬たちは伏せたまま動こうとしない。まるで不可視の鎖にでもつながれたかのように。

紳士や使用人たちも異様な光景に息を呑み、立ちすくんでしまっている。何が起きたのかはわからないが、今なら逃げられるかもしれない。

「……っ⁉」

脇差を鞘に収め、走り出そうとした瞬間、首筋がちりっと熱くなった。

鋼志郎は本能に警告されるがまま、横っ飛びで逃れる。背後に生えていた木にゴム弾が命中したのは、その直後だった。

「これを避けるか。綾部くんに妬まれるだけはあるな」

津和野は興奮に小鼻を膨らませ、再び引き金を引いた。鋼志郎は側転して避けるが、起き上がろうとしたのを狙ったように追撃の弾が発射される。

「くっ……」

本能に命じられるがまま、鋼志郎は素早く身を低くした。頭すれすれを弾が通過してゆき、宙に散った髪から焦げた匂いがかすかに漂う。もしかわせなかったら眉間にゴム弾を受け、昏倒していたかもしれない。

「よくぞ避けた。……だがこれで終わりだ！」

鋼志郎に数歩の距離まで近付いた津和野が猟銃を構えた。もはや外しようがない距離だ。

……撃たれる……！

「キャン、キャンッ！」

激痛を覚悟した時、恐怖に染まった鳴き声が響き、驚いた津和野の手から猟銃が落ちた。伏せていた猟犬が地面であお向けになり、尻尾を丸めてしまっている。絶対強者に対する完全降伏の姿勢だ。

『これだけ俺たちの匂いを纏わせてるっていうのに、鼻の悪い人間どもは気付かないのか』

ふいに天満の囁きが耳の奥によみがえる。

人間は気付かない。…でも、嗅覚に優れた猟犬は嗅ぎ取ってしまったのだろうか。鋼志郎の肉体に内から外から擦り込まれた、絶対的強者の匂いを。

「……ああ、やはり獣の方が利口だな」

愉悦の滲んだ声が降ってきた。はっと見上げた夜空に巨大な影が二つ浮かぶ。

重さを感じさせない軽やかな動きで鋼志郎の前に降り立ったのは、二頭の獣だった。

獰猛そうな、だが不思議な気品を感じさせる漆黒の獣と、神々しいまでの純白の被毛にひとふさだけ黒い毛の混じった獣。絶対に勝てない強者の登場に猟犬たちはひれ伏し、人間たちは狂乱に陥る。たった一人、鋼志郎を除いて。

鋼志郎だけは知っている。漆黒の獣は天満。純白の獣は濡羽。鋼志郎の愛しい男たちが、本性をあらわにした姿だと。

「な、何だあの獣は！　あの塀を越えてきたというのか⁉」

「いったい帝都のどこに、あんな獣がっ……」

「…子爵、どうなっているのですか、子爵！」

綾部を夢中でもてあそんでいた者たちも、鋼志郎を追いかけていた者たちもいっせいに津和野に詰め寄るが、津和野は答えられない。答えられるはずもない。二頭の…否、二人の獣は狗神族の生き残りで、愛しい者を救うために舞い降りただなんて——決して怒らせてはならない二人の逆鱗に触れてしまったなんて。

「本当に。人間は弱い者ほど分をわきまえずによく吠えるから、困ったものですね」

純白の獣…濡羽が人間の言葉を紡ぐ。なまめかしい声音に鋼志郎以外の誰もが一瞬聞き惚れ、その異常さに卒倒しかける。

「しゃ、しゃ、しゃべった⁉」

「化け物…、化け物だ！」

恐慌をきたした紳士や使用人たちが走り出し、屋敷の中へ逃れようとする。津和野も続こうとしたが、紳士の一人に突き飛ばされ、尻餅をついてしまった。

「くそっ…！　私の邪魔をするな！」

地べたに座り込んだまま、津和野は天満目がけて猟銃を発射した。簡単に避けられたはずだが、天満は悠然と構え動かない。理由はすぐに判明する。

ゴム弾は獣に傷を負わせるどころか、漆黒の被毛に弾き返されてしまったのだ。銃で武装しようと自分には絶対に敵わないのだと知らしめるため、敢えて弾を受けたのだろう。

「あ、ああ、ああ…っ……」

津和野はなおも引き金を引き続けたが、弾はすぐに尽きてしまった。ふんと鼻を鳴らし、天満は濡羽と共に吠える。

――グオオオオオッ！

心臓を鷲掴みにされるような咆哮は、温室育ちの人間たちの心をたやすくへし折った。逃げ出そうとしていた者たちは皆、魂消る悲鳴と共にばたばたと失神してしまう。

たった一人、意識を保った津和野は称賛に値するかもしれない。少なくともこの件についてだけは。

けれどそれは津和野にとって幸運ではなかった。皆と揃って失神しておくべきだったのだ。

そうすれば、見なくて済んだのに。

「お前だけは許さない」

「私の鋼志郎様を薄汚い欲望の的にした大罪、その身で贖いなさい」

死神よりも濃厚な殺気を纏った二人の獣が目にも留まらぬ速さで回り込み、牙を剝くところも。

「ギャ、ギャアアアアアッ！」

天満に右腕を、濡羽に左脚を、同時に喰いちぎられるところも。

「……っ……」

凄惨な光景に吐き気がこみ上げるが、鋼志郎は目を逸らさない。この状況を招いたのは…二人にこんな真似をさせたのは、鋼志郎が甘かったせいなのだから。

「ひ…っ…、い、痛い、痛い痛い痛いいだいぃぃぃぃいっ！」

いつもの紳士然とした余裕をかなぐり捨て、津和野は悶絶する。

地面をのたうち回るその身体から右腕と左脚は失われて……いなかった。よくよく見れば、血の一滴も流れていない。なのに津和野は激痛に苦悶し、ぎゃあぎゃあとわめき続けている。

……何が、起きたのだ？

津和野は確かに右腕と左脚を喰いちぎられたはずだ。鋼志郎も見た。けれど何度目をしばたたいても、津和野の腕も脚も無事のままだ。

「幻覚を見せたのですよ」

濡羽がすっと鋼志郎に寄り添い、つややかな被毛を擦り付けた。

「幻覚？」

「ええ、右腕と左脚を私たちに喰いちぎられる幻覚を」

「幻覚といっても、こいつの見せるソレは現実とほとんど変わらない。骨ごと肉を断たれる激痛も、腕と脚を失った喪失感も、死ぬまで味わうことになる」

反対側から擦り寄りながら、天満が付け足した。

……魅了の力には、そんな使い方もあるのか……。

改めて狗神族の力には感嘆させられる。

鋼志郎は濡羽の幻覚をつかの間覗いたに過ぎないのだろう。だが津和野は一生幻覚に支配される。右腕も左脚も動かないまま、不自由な暮らしを強いられるのだ。

…同情は出来ない。その程度、津和野が今までもてあそんできた少年たちの屈辱と苦痛に比べたら、ささいな罰に過ぎないのだから。

「俺の可愛い鋼志郎に手を出してくれたんだ。これくらいでは許さない」

天満が不穏に牙を覗かせ、濡羽も宝玉のような瞳をまがまがしく光らせる。

「その通りです。津和野も似非(えせ)紳士どもも……むろんあの仔犬にも容赦(ようしゃ)は無用。罪の報(むく)いをしっかりと受けさせてやらなければ」

濡羽の剣呑(けんのん)な視線の先には、紳士たちになぶられ、ぼろぼろになった綾部が倒れている。

『…お前など、ずたずたに引き裂かれてしまうがいい！』

身代わりに差し出されるほど憎まれていたのだと思い知らされても、取り巻きたちを従えた普段の姿を知るだけに胸が痛む。だが同情する余裕は、鋼志郎には与えられなかった。濡羽に襟首(えりくび)を咥(くわ)えられ、ひょいと天満の背に乗せられてしまったから。

「しっかり摑まってろよ」

「え、……っ⁉」

鋼志郎の返事を待たず、漆黒の獣は高々と跳躍する。

とっさに逞(たくま)しい首筋に縋(すが)れば、夜空の月が目の前にぐんと迫り、見惚(みと)れるうちに塀を跳び越えていた。

危なげ無く地面に降り立った天満を、闇の中でもなお皓々(こうこう)と輝く純白の獣が追いかけてくる。

鋼志郎が正気を保てたのは、そこまでだった。

「鋼志郎。『ごめんなさい』は?」
囁きに揶揄を宿し、猛る切っ先で媚肉を擦り上げられたのは幾度目だろうか。もう一振りの肉刀に、ぐちゅりと喉奥を突かれたのは。

「ご…、め、……っ……」

促すように口内から出て行った肉刀が、鋼志郎がもごもごと謝罪を紡ごうとしたとたんまた喉奥まで口内を貫く。

さっきから——天満の背に乗って二人の住まいである洋館に運ばれ、寝室に連れ込まれてからずっとこうだ。生まれたままの姿をさらし、獣から人間の姿に戻った天満と濡羽に二人がかりで犯されている。

四つん這いにされ、前から後ろから、入れ替わり立ち替わり、蕾と口に肉刀を突き入れられて。謝罪を求められながら。

『お前のことだ。あの仔犬に自分を重ねて哀れみでもしたんだろう?』

鋼志郎の心の内など、何倍もの長い時を生きてきた二人にはお見通しだった。

『だから津和野には近付くなとお伝えしたのに。……鋼志郎様が仔犬と共に麻布の屋敷へ向かったと聞いて、私の心がどれだけ乱れたかおわかりになりますか?』

甘い詰問で、鋼志郎は否応無しに悟った。自分は監視されているのだと。濡羽と天満に、彼らの手が空かない時はおそらくその配下に……絶え間無く。

「ほら、鋼志郎様。『心配させてごめんなさい』ですよ。鋼志郎様は礼儀正しいお方ですから、悪いことをしたら謝らなければいけないとご存知でしょう？」

聞き惚れそうな声音でそう促すくせに、濡羽は鋼志郎の髪をしっかり掴み、怒張した肉刀をずちゅずちゅと突き入れている。猛り狂う大きなそれを頬張らされたままでは、しゃべることなど不可能だとわかるだろうに。

濡羽と天満が示し合わせたように喉奥と腹の最奥を同時に突いた。腹だけではなく、口内もまた二人によって情けどころに変化させられてしまっている。二人を一緒に銜え込むために。

「んぅっ……」

二つの情けどころを貫かれれば、慣らされた身体は勝手に動き、口内と腹の中の肉刀をきゅうっと絞ってしまう。前後から押し殺した二人の呻きが漏れ、その狂おしくもなまめかしい響きに媚肉がざわめく。

「う、う…っ…、……！」

二人の肉刀はぶるりと胴震いし、熱い精をぶちまけた。すでに何度か放ったとは思えない量に鋼志郎はおののきつつも、喉と腹の奥に注がれるそれを懸命に受け容れていく。まぐわいが始まってからずっとそうしているように。

「……いい子だ」

「ああ、鋼志郎様……」

天満は鋼志郎の尻を、濡羽は頭を撫でてくれるけれど、口と腹の中の肉刀はたかぶったまま媚肉を犯し続けている。

萎える気配も無い熱から怒りを感じた。二人は怒っている。鋼志郎が忠告を無視したから……二人以外の男たちの欲望の的にされたから。

「ふ、…う…っ……」

ずるりと二人の肉刀が引き抜かれると、鋼志郎は己を支えきれず、横向きで寝台に倒れ込んでしまった。絹の敷布のなめらかさを堪能する間も無く、素早く位置を入れ替えた二人が群がってくる。

「鋼志郎」

天満が鋼志郎の髪を摑み、衰えを知らない肉刀を目の前に突き出した。

濃厚な雄の匂いと圧倒的な気配に惹かれ、鋼志郎はよろよろと身を起こし、寝台に両手をつく。下肢はくずおれたまま口を開ければ、天満は獣の笑みを浮かべ、むくむくと膨らんだ肉刀を突き入れた。

「……う…っ…!」

たちまち喉奥までいっぱいにされてようやく気付く。わずかな間、口が自由になったさっきこそ『ごめんなさい』を告げる…許してもらえる好機だったのだと。

けれどもう遅い。

「鋼志郎様…、こぼさないように、しっかり閉じていて下さいね……」

何回分もの精が注がれた蕾に指を挿入しながら、横臥した濡羽が鋼志郎の肉茎に喰らい付く。

上も下も獣たちに捕らわれてしまっては、まともな言葉を紡ぐことなど不可能だ。鋼志郎に出来るのはただ喉を鳴らし、ねじ込まれる二人の肉刀を締め上げ、早く中に出してくれるようねだることだけ。

「…う…、ん、うう、っ……」

ぬるついた粘膜に包まれた肉茎から、強い快感が脳天を駆け上がった。セキレイとして生きてきた濡羽の卓越した舌技にかかれば、鋼志郎など簡単に絶頂へ導かれてしまう。

けれど、熱い口内に思うさま射精することは叶わない。鋼志郎の根元は、まぐわいが始まった時に紅い紐で縛められてしまったから。出せない方がより長く楽しめますからね、と慈悲深く微笑んだ濡羽によって。天満は呆れたような顔をしつつも止めなかった。

「ああ……、可愛いなあ、鋼志郎」

激しく腰を使い、硬い切っ先で喉奥の行き止まりを容赦無く抉りながら、天満は鋼志郎の頭を大きなてのひらで撫でる。遠い昔、亡き父に撫でてもらった時はただ嬉しかったけれど、今は獣のあぎとに放り込まれたような戦慄が肌を震わせる。

「お前が感じるたび腰を物欲しそうにくねらせて、根元の紐をゆらゆらと揺らして……見せてやれないのが残念なくらいだ」

「う、うぅ……」

そんなものを見せられてたまるか、と思ったのが伝わったのだろう。汗ばんだ髪をもてあそんでいた指が滑り、首筋を撫で上げる。愛らしい仔猫を愛でるかのように。

「生意気な目も可愛くて可愛くて、喰っちまいたくなるな……」

にっと吊り上がった唇から覗く鋭い牙が、数えきれないほどの獲物を仕留めてきたことを鋼志郎は知っている。

「駄目ですよ、天満」

すくんだ肉茎から鋼志郎の怯えを悟ったのか、濡羽がいったん唇を離し、愛おしそうに頬を擦り寄せた。

「鋼志郎様を喰らうのはこの私です。肉の一片も、ひとかけらの骨すら渡さない……」

「……っ、う、……んっ！」

どろどろした陶酔と本気以外感じさせない囁きと甘い吐息に、鋼志郎は全身をわななかせた。二人がかりで捕らわれていなければ、自尊心など捨てて逃げ出し、寝台の下に隠れてがたがた震えていたに違いない。すぐに引きずり出されるとわかっていても。

「あまり脅かすな、濡羽。……怖がっているじゃないか。かわいそうに」

また天満に頭と喉を撫でられる。完全なる仔猫扱いに屈辱どころか安堵を覚えるのは、この男にはどうあがいても敵わないと本能的に悟っているからなのだろう。

「脅かしてなどいませんよ。私は本当の気持ちを伝えているだけです」

「その方がよほどたちが悪い。……忌み子め」

天満の声が獰猛な響きを孕んだ。膨れ上がりかけた殺気は、鋼志郎の腰がひとりでに揺れたとたん霧散する。

……出し、たい。

我慢を強いられ続けた肉茎はとうに限界を超えていた。幾度も二人の精を注がれ、上も下もさんざんかき混ぜられたせいで、行き場の無い熱の奔流が体内にぐるぐると渦巻いている。

……出したい、……出したい、出したい……！

ぽろり、と涙が勝手に鋼志郎の頬を伝い落ちる。

鋼志郎は気付かなかった。普段は凛とした自分が肉刀をしゃぶったまま幼子のように涙を流し、腰を振る姿がどれほど獣たちを煽るのか。

ごくん、と二人は揃って唾を呑んだ。頷き合い、天満は鋼志郎の口内から肉刀を、濡羽は蕾をふさいでいた指を引き抜く。

「……あ、……」

久しぶりに自由になった口は咥えっぱなしだった肉刀の形を覚えていて、ありもしないそれをもぐもぐとしゃぶった。

再び唾を呑んだ二人が左右から鋼志郎の頬を撫でる。

「……『ごめんなさい』、は？」

欲望のしたたり落ちるような声音が重なる。

薄闇で光る二対の双眸にぞくぞくした。猟犬たちをその覇気だけでひれ伏させ、紳士を気取る下衆どもを失神させ、津和野に鉄槌を下した二人の獣が、鋼志郎だけを求めて肉刀をそそり勃たせている。

「……ご、めん……、なさい……」

切れ切れに言葉を紡ぎながら、鋼志郎はあお向けになって脚を開く。腹に留めておけなかった精がどろりと溢れ、蕾や内腿を濡らした。

「くそ、……この性悪が……っ！」

「鋼志郎、様……！」

目をぎらつかせて群がってきた天満と濡羽、どちらの手によって根元の紐が解かれたのかはわからなかった。溜め込んでいた熱が奔流と化して先端からほとばしった瞬間、両脚を担ぎ上げられ、猛り狂う肉刀でひくつく蕾を貫かれてしまったから。

「ああ、……っ……！」

絶頂の悲鳴はかぶりついてきた唇に吸い取られた。

からめとる巧みな舌使いは濡羽のものだ。ならば鋼志郎の上半身を抱き締め、唇をむさぼるのは濡羽で、狂おしく腰を突き入れてくるのは天満か。長くつややかな髪が鋼志郎の肌を滑り、

帳のように視界をさえぎる。

「う、んうぅ……っ…」

上の口も下の口もふさがれてしまったのはさっきまでと同じでも、今は四肢が自由に動かせる。鋼志郎は両腕で濡羽の背中に縋り、両脚を天満の腰に絡めた。とたんに激しくなった突き上げのせいでがくがくと身体は揺さぶられるけれど、二人にしっかり摑まっていれば何の心配も要らない。

「…っ…、鋼志郎…」

ごつんっ、と熟した太い切っ先が最奥を穿ち、さらに奥へ嵌まり込む。すさまじい圧迫感と充足感に鋼志郎は喘ぐが、吐息ごと全て濡羽に奪い取られてしまった。

口内を執拗に貪る濡羽には伝わっているだろう。天満の肉刀がどれだけ鋼志郎を深く犯しているのかも、鋼志郎の媚肉が歓喜にざわめきながら絡み付き、早く奥に出してとねだっていることも、全て。

それは天満とて同じだ。鋼志郎の口内を濡羽の舌が満たし、吐息も嬌声も唾液も余さず味わわれ、喉奥まで犯されているのだと、肉刀を締め付ける媚肉から察しているだろう。

叶うならば殺してしまいたい。そして鋼志郎を独占したい。

天満も濡羽も、同じ衝動を抱いているに違いない。時折ちくりと肌を刺す、刃にも似た殺気がその証拠だ。

そこまで相克する二人を、ぎりぎりのところで踏みとどまらせているのは鋼志郎なのだ。鋼志郎が二人を求めるから…あるいは二人がかりでなければ捕らえておけないと思っているから、かろうじて共存を許している。

「ううっ……、う、ん、ぅぅ……」

溢れる熱い思いのまま天満を締め付け、濡羽の舌に必死で応える。

喜悦の呻きを漏らした天満がいったん腰を引き、寂しがる媚肉を抉りながら一気に根元まで嵌まり込んだ。すかさず喰らい付いた媚肉が熱い飛沫をねだる。

「————……っ……！」

勢いよく放出された精がさらに奥を叩き、すでに出されていた分と混ざり合いながらどろどろと流れ込んでいく。

喉奥からは二人分の唾液。全身が天満と濡羽で造り替えられるような、自分が自分ではなくなってしまうような、危機感と紙一重の悦楽が鋼志郎を満たす。

「は……ぁ、……鋼志郎……」

天満はなおも射精が止まらない肉刀をずちゅずちゅと媚肉で扱き、鋼志郎の下肢を高く持ち上げ、最後の一滴まで注ぎ込む。その執念と独占欲にくらくらしつつも、かすかな物足りなさも感じてしまう鋼志郎は、二人がかりで貪られる獣のまぐわいにすっかり馴染んでしまったのだろう。

「……濡羽、…ぁ……」

ねっとりと糸を引きながら唇を離した濡羽に、鋼志郎は甘ったれた声でねだる。濡羽は欲望で塗り潰された慈愛の笑みを浮かべ、鋼志郎の頬を舐めた。

「わかっていますよ、鋼志郎様。……すぐお腹いっぱいにして差し上げましょう、ね？」

「……ちっ」

艶めいた流し目に天満は舌打ちをし、肉刀を引き抜く。

腹がからっぽになってしまったような寂しさにさいなまれたのは、わずかな間だけ。すぐに濡羽が鋼志郎を抱き上げ、胡座（あぐら）をかいた膝の上に後ろ向きで乗せてくれる。開きっぱなしの蕾に切っ先をあてがいながら。

「ああ、……——……っ！」

真下から串刺しにされた瞬間、向かいに膝をついた天満にぐいと上体を引き寄せられた。隆々（りゅうりゅう）とそびえる肉刀を突き付けられ、鋼志郎は喜んで喰らい付く。

獣の欲望は果てが無い。今宵はきっと精根尽きるまで…いや、尽きてもなお貪られ続けるのだろう。

それこそ望むところだと、鋼志郎は二人の愛撫に全身で応えていった。

二人がかりで貪られ尽くした翌日はろくに動けず、学校を休み、二人の屋敷で養生することになった。母には『二人に試験勉強を見てもらっていたら熱中しすぎて体調を崩したので、一晩世話になることにした』と伝えてもらったが、かけらも疑っていなかったそうだ。

競って世話を焼こうとする天満と濡羽にさんざん甘やかされたおかげで、若く鍛えられた身体はすぐに回復した。二人はもっと引き留めようとしたが、すでに一月も休んだ後だ。試験も間近である。藤山たちを心配させてしまうのは忍びない。

次の日、その一心で登校した学校は異様な空気に包まれていた。

「まさか津和野理事が、あのような……」

「綾部のみならず、数十人以上の少年が毒牙にかかったそうではないか。おぞましい…」

「学校も学校だ。何故あんな愚劣な行いを放置していたのか」

生徒たちがあちこちに寄り集まり、ひそひそと話している。彼らの顔に滲むのは驚きと怒り、そして侮蔑だ。

「おお中西！　身体はもういいのか？」

鋼志郎に気付いた藤山が駆け寄ってきた。いつもなら共にだべっているはずの級友たちの姿は無い。

「おはよう、藤山。おかげで一日休んだらこの通り良くなったが…いったい何があったんだ？他の皆はどこに？」

「……うむ、それがな」

藤山は懐から一枚の藁半紙を取り出し、見せてくれた。たくさんの人々に読まれたのだろう。細かいしわの刻まれたそれは、駅前や街中でばら撒かれる号外だ。

『高等学校理事・津和野子爵のおぞましき本性！　狩猟紳士たちが少年を欲望の的に！』

でかでかと躍る刺激的な見出しに鋼志郎は息を呑んだ。

一昨日の晩、津和野の屋敷に警察が踏み込み、狩場に倒れていた津和野と客の紳士たちを捕縛し、綾部を保護したこと。屋敷をくまなく捜索したところ、綾部の他にも少年たちを獲物として『狩猟』に興じていた証拠がいくつも発見されたこと。狩場の木々の根元からなぶり殺されたとおぼしき少年の白骨遺体が何人分も掘り返されたこと。見出しに続き、衝撃的な情報がこまごまと記されている。

藤山が痛ましそうに眉を寄せた。

「昨日、駅前で配られていたものだ。お前は津和野理事に目をかけられていたから心を痛めるだろうと思い、見舞いに持っていくのはやめておいた」

「…本当…、なのか？　津和野理事が、こんな…」

「残念ながら本当だ」

藤山によれば鋼志郎が休んでいた昨日、駅前のみならず帝都のそこかしこでこの号外が配られたため、学校は上を下への大騒ぎに陥った。

この時点では、号外の内容を信じる者はほとんど居なかったという。それだけ津和野の人望は厚かったのだ。

だが理事長が講堂に全生徒を集め、号外はおおむね真実だと認めた。さらに津和野は理事会の全会一致で理事を解任されたこと、宮内省によって爵位を剝奪され、全ての財産が没収されたことも明かされたのである。津和野と共に逮捕された紳士たちも、追って同様の処分を受けるだろうということだった。

白骨遺体まで発見されてしまった以上、華族ではなくなった津和野には、いずれ厳しい罰が下されるだろう。それまでの間も世間の非難と罵倒を浴びながら、片腕と片脚を使えない不自由な暮らしを強いられることになる。

「津和野は少なくとも十年以上の間このおぞましい『狩猟会』を続けていたようだ。全ての罪が明らかになるには、まだまだ時間がかかるだろうな」

「そんな話、どうして知ったんだ？」

「うちの家系は警察勤めが多いからな。嫌でも耳に入る」

言われてみれば藤山の父と兄は警察官だ。母方の伯父も警察の幹部だと聞いた覚えがある。古内のような例外も居るが、高等学校に通うのは基本的に裕福な名家の子息なのだ。それぞれの情報網から様々な情報が入ってくる。ここに居ない級友たちは、他の級の生徒から新たな情報を仕入れるため動き回っているという。

「皆、お前を心配しているのだ。…憤(いきどお)ってもいる。ひょっとしたら綾部の次に狙われるのは、津和野に気に入られていたお前だったかもしれないと」

「…そう…、だったのか…」

篤(あつ)い友情に感謝しつつも、鋼志郎の心は複雑だった。

……津和野たちの逮捕には、絶対に濡羽と天満が関わっている。

さもなくば特権階級である華族の屋敷に、いきなり警察が踏み込んだりするはずがない。しかも鋼志郎が獲物にされかけたその晩に。

濡羽か天満か、どちらかの客に警察の関係者が居るのだ。しかも、かなりの上層部に——彼らの魅了の力に支配された者たちが。その者たちが二人に命じられるがまま行動した結果が、この大騒動だ。

当然、濡羽も天満も知っていた。その上で鋼志郎には何も教えず、ただひたすら甘やかし愛(め)でていたのだ。

『きちんとごめんなさいが言えたから、今度だけは許してやる』

心が怒りに染まりかけた瞬間、天満の声が耳の奥によみがえった。長いまぐわいに疲れ果て、こんこんと眠り続けてから目覚めた鋼志郎に、あの男は甘く囁いた。

『……だが、二度目は無いぞ』

鋭い牙(きば)を急所に突き立てられたような、首筋にあてがわれた刃(やいば)をそっと引かれたような。

死神からも与えられたことの無い恐怖に凍り付いた鋼志郎を、反対側から濡羽が優しく抱き締めた。

『鋼志郎様は聡明なお方ですから、同じあやまちなど犯されませんよね？』

馴染んだ温もりに包まれた時、鋼志郎は確かに感じたのだ。寝室の奥から流れてくる冷たい風を。かすかな潮の匂いを……死神と相討ちになったはずの、禍々しい神の気配を。

……俺に、思い知らせるため、なのか？

何も教えなかったのも、大騒動に陥っている学校へ何食わぬ顔で送り出したのも。二人の忠告を無視すればどうなるか、鋼志郎に思い知らせるため——そうとしか思えない。むろん安易に綾部の言葉を信じてしまった鋼志郎にも、非はあるとわかっているけれど…。

「おお中西、来ていたのか！」

「元気そうで良かった。昨日は大変だったのだ」

ぞろぞろと教室に入ってきた級友たちが、鋼志郎を心配そうな顔で取り囲んだ。

藤山からことの次第は聞いたと話すと、皆それぞれ仕入れてきた情報をこぞって披露してくれる。津和野と共に逮捕された自称紳士たちの家名や爵位、犠牲になったとおぼしき少年たちの素性……そして、綾部の現状まで。

「綾部伯爵家だがな。……どうも爵位を返上し、家屋敷も手放すことになるらしい。『姫宮』は平民落ちだ」

試験問題を購(あがな)い、鋼志郎を陥れた綾部はただの被害者ではない。だがそこまでの報(むく)いを受けるほどの罪だったのか。驚く鋼志郎に、級友は華族の友人から聞いたという話を教えてくれた。忌(い)まわしいあの夜、保護された綾部が綾部伯爵家の次男だと知り、警察は伯爵家を訪問した。身も心も傷付いた綾部を、ひとまず身内のもとに帰してやるためだ。

しかし伯爵家にはわずかな使用人と寝たきりの綾部伯爵が居るだけで、実質的な当主である綾部の異母兄(いぼけい)の姿はどこにも無かった。行方を知る者も居ない。そこで警察が捜索したところ、異母兄は違法の賭場(とば)も兼ねた下町の遊廓(ゆうかく)で見付かった。気に入りの女郎(じょろう)たちを侍(はべ)らせ、酔っ払って賭け麻雀(マージャン)に興じている最中だったそうだ。

嫡男の申し開きようの無い行状(ぎょうじょう)を知らされた綾部伯爵は深く恥じ入り、その場で爵位の返上を決めたという。宮内省から処分を下(くだ)され恥をさらすよりは、自(みずか)ら退(しりぞ)いた方がましだと判断したのかもしれない。

もとより伯爵家は異母兄の放蕩(ほうとう)ざんまいによりめぼしい財産のほとんどを失っていたが、異母兄があちこちで作った借金を清算するため、家屋敷も手放すことになってしまった。借金を残したまま平民に落ち、借金取りの容赦(ようしゃ)無い取り立てに遭(あ)うことを恐れたのだろう。

「『姫宮』は退学してしまうのか?」

藤山の口調に嫌味は無い。綾部を嫌っていても、さすがに哀れになったようだ。

「我が校は身分に関係無く門戸(もんこ)を開いているし、成績優秀な者には奨学金も与えられるが……

おそらく辞めてしまうだろうな。『姫宮』の気性を考えたら」

級友の一人が答え、鋼志郎も他の者たちも同意する。さんざん馬鹿にしていた古内と同じ境遇で学び続けるなど、綾部にはとうてい耐えられないだろう。

……きっとこれも、濡羽と天満の報復だ。

『津和野も似非紳士どもも……むろんあの仔犬にも容赦は無用。罪の報いをしっかりと受けさせてやらなければ』

あの言葉を聞いた時から、綾部もただでは済まないだろうと考えていた。だが実際に下された罰は予想をはるかに上回るものだった。

似非紳士たちの『獲物』にされて身も心も傷付いたのに、その傷を癒やす間も与えられずに生まれ育った屋敷を追い出され、学校も辞めざるを得なくなる。自分がさげすんできた平民と同じ身分になり、病身の父を抱え、生きるために働く日々が始まるのだ。同じく平民に落ちた異母兄は何の頼りにもなるまい。

それでも、と鋼志郎は思う。

「命は助かったのだ。命さえあれば、未来は努力次第でいくらでも変えられる。綾部には強く生きて欲しい。…助からなかった命の分まで」

「中西……」

狩場から発見された白骨遺体に級友たちも思いを馳せたのだろう。誰からともなく黙禱を捧げる。

いずれ身元が判明すれば、遺体は家族に引き渡されるだろう。こんなことにならなければずっと狩場に埋められたままだったはずだから、遺体の主が家族のもとに帰れるのは濡羽と天満のおかげだ。そう思えば鋼志郎の心も少しは慰められる。

祈り終えた藤山が鋼志郎の背をばしっと叩いた。

「綾部にはさんざん虚仮にされたのに、お前はまことに良き男だな！」

「っ…、人として当然だろう、これくらいは。…そう言えば、定期試験はどうなったのだ？」

「中止だと理事長から説明があった。以前お前に話した例の噂も真実だったようで、津和野に加担していた教員をひそかに調査しているらしい。しばらくは試験どころではなかろう」

授業もコマ数を減らし、さらに時間を短縮しているそうだ。学校内部の混乱は鋼志郎の想像以上に激しいのだろう。教員に留まらず、理事の中にも津和野に協力していた者が居るのかもしれない。試験問題を購入していた生徒たちも、かなりの数が厳しい処分を受けるはずだ。

「心配するな。勝負がなくなっても、お前の心根は古内に届いているさ」

「そうとも。名誉を守ってくれたこと、きっと古内も冥途で感謝しているはずだ」

藤山や級友たちが口々に慰めてくれる。

そこへ、まだ戻っていなかった大柄な級友が息せき切って駆け込んできた。カフェーの女給に振られて落ち込んでいた、あの級友だ。

「天女だ！　天女が舞い降りたぞ！」

「お前……袖にされすぎてとうとう脳が沸いたか？」

「こればかりは、どんな名医も手の施しようが無いだろうしなあ…」

心配半分、呆れ半分の眼差しを送る級友たちに、大柄な級友はぶんぶんと首を振りながら力説する。

「違う！　まことに天女が居たのだ。俺は確かに見た！　艶やかな黒髪をなびかせ、濡れたような黒い瞳が何ともなまめかしく、すらりとした長身にお誂えの背広を纏い…」

「背広だって？」

「男子ということか？　……なのに天女？」

級友たちが不審そうに眉を寄せていく。

大柄な級友の頭が本気で不安になったのだろうが、鋼志郎は別の不安に襲われた。艶やかな黒髪をなびかせ、濡れたような黒い瞳が何ともなまめかしく、すらりとした長身の天女――その表現にぴたりと当て嵌まる男を知っているから。

……いや、だが、まさか……。

今朝、屋敷を送り出される時、濡羽も天満も何も言っていなかったはずだ。しかし思い返してみれば、鋼志郎が二人を振り切って登校するというのに、二人ともやけににこにこと上機嫌だったような気も…。

「――そう言えば」

級友の一人がぽんと手を叩いた。

「理事長が早々に津和野の後釜を見付け出し、今日の理事会から参加させるらしいと聞いた。そいつが見たのは、その後釜ではないか？」

「ああ、俺も聞いたな。津和野のせいで落ちてしまった評判を回復させるのと、寄付金をせしめるのも兼ねて、平民の実業家たちに理事を依頼したとか」

「ふむ……せっかくだ。ご尊顔を拝しに行こうではないか！」

藤山が音頭を取り、級友たちは教室をわっと走り出ていく。鋼志郎も続いた。二人にさんざん愛撫された肌がざわめくのを感じながら。

「……、あの方だ！」

理事長室手前の廊下で大柄な級友が立ち止まり、前方を指差す。

悠然とこちらへ歩いてくるのは、長い黒髪をなびかせた長身の青年だけではなかった。もう一人、息が詰まるほどの圧倒的な存在感を放つ男を伴っている。

級友たちが…肝の据わった藤山すら気圧され息を呑んだ。獣ならあの夜の猟犬たちのように降伏の姿勢を取ったかもしれない。大柄な友人だけが頬を染めているのは、長い黒髪の青年しか目に入っていないせいだろう。

「……おや、貴方がたは？」

黒髪の青年が足を止める。誰何する声音すらとろけんばかりに蠱惑的で、誰もが陶然としてしまい答えられない。大柄な級友など、のぼせ上がって今にも倒れそうだ。

青年の背後で男が獰猛な笑みを浮かべる。喉元に鋭い牙を突き付けられるような感覚に襲われ、鋼志郎は悟った。

『……だが、二度目は無いぞ』

もし再び二人の忠告を聞かず、二人以外の男の手に落ちそうになれば、この牙は鋼志郎の喉笛に突き刺さる。そして鋼志郎は二人の獣のあぎとに呑み込まれ、二度と人の世界には戻れなくなるだろうと。

「失礼しました。新しい理事になられる方々がおいでになったらしいと聞き及び、ぜひともご謦咳に接したいと思って参りました」

進み出た鋼志郎に、二人は笑みを深める。あの潮の匂いが鼻をかすめる。

「それは光栄ですね」

「…凛々しい学生さん、名前を聞いても？」

「中西鋼志郎と申します」

——俺とて武士の子だ。やすやすと呑み込まれてやるつもりは無い。

決意も新たに、鋼志郎は差し出された二人の…濡羽と天満の手を重ね合わせ、両手で握り締めた。

あとがき

AFTERWORD……………………―宮緒葵―

こんにちは、宮緒葵です。『極楽あると人は言ふ』をお読み下さりありがとうございました。この本は小説ディアプラスさんに掲載された前半部分に、書き下ろしを加え文庫化して頂いたものです。例によって本篇のネタバレがありますので、未読の方はご注意下さいね。

このお話を書くきっかけになったのは、ＳＮＳで『美人だらけの因習島に流れ着いた受がよってたかって愛でられる話を書きたい』と呟いたことでした。予想以上に『読みたいです！』とお声を頂き、ディアプラスさんの担当さんにお話ししてみたところ、書いていいよとご快諾頂き書けることになったのですね。

そんな皆さん大好きな因習島、せっかくだから時代設定をもっと前にして、因習と因業を盛り込んで…と盛りに盛った結果出来上がったのが操環島です。操環は『廓』と『運命の環を操る者』、すなわちミアラキ様の存在をかけています。

ミアラキ様も元々は死を司る神として信仰を集めていたのですが、信徒たちが時代の流れによって滅ぼされ、信仰も失われてしまったがゆえに操環島へ流れ着き、かつて司っていた死を貪り喰らうという存在にゆがめられてしまった、ある意味一番の被害者（神）かもしれません。

人が環境によって大きく変わるように、神もまた人の信仰によって大いなる神にもなれば堕神(だしん)にも悪魔にもなるということですね。

攻の天満(てんま)と濡羽(ぬれば)は、今まで狭い世界に押し込められていた分、すごい速さで新しい文明に馴染んでしまいました。現代なら最新機種のスマホに迷わず乗り換え、電子マネーしか持ち歩かないタイプです。鋼志郎(こうしろう)は周囲からせっつかれてようやく乗り換えた旧型のスマホをいつまでも使い、現金しか信じないタイプ。

三人にも寿命の違いや時代の流れという避けられない定めが待ち受けていますが、天満も濡羽も鋼志郎をみすみす手放すつもりは無いので、色々計画を立てているでしょう。数十年後のテレビのニュース映像に天満と濡羽、そして若いままの鋼志郎がちらりと映っていたとかいないとか。

今回のイラストは草間(くさま)さかえ先生に描いて頂けました。草間先生、お忙しいところお引き受け下さりありがとうございました！　念願叶ってご一緒出来てとても嬉しかったです。濡羽と天満は獣型も人型もどちらも素敵で、鋼志郎の学生服姿にはときめきました。

そしていつもお読み下さる皆様、本当にありがとうございます。こうして文庫化して頂けたのも皆様のおかげです。よろしければご感想を聞かせて下さいね。

それではまた、どこかでお会い出来ますように。

この本を読んでのご意見、ご感想などをお寄せください。
宮緒 葵先生・草間さかえ先生へのはげましのおたよりもお待ちしております。

〒113-0024　東京都文京区西片2-19-18　新書館
[編集部へのご意見・ご感想] ディアプラス文庫編集部「極楽あると人は言ふ」係
[先生方へのおたより] ディアプラス文庫編集部気付　〇〇先生

- 初出 -
極楽あると人は言ふ：小説ディアプラス2023年アキ号（Vol.91）
獣が居ると人は言ふ：書き下ろし

[ごくらくあるとひとはいう]
極楽あると人は言ふ

著者：宮緒 葵　みやお・あおい

初版発行：2024 年 10 月 25 日

発行所：株式会社 新書館
[編集] 〒113-0024
東京都文京区西片2-19-18　電話（03）3811-2631
[営業] 〒174-0043
東京都板橋区坂下1-22-14　電話（03）5970-3840
[URL] https://www.shinshokan.co.jp/

印刷・製本：株式会社 光邦

ISBN978-4-403-52612-1